FOLIO JUNIOR

LES CHRONIQUES DE NARNIA™

C.S. Lewis

LE NEVEU
DU MAGICIEN

Illustrations de Pauline Baynes

Traduit de l'anglais
par Cécile Dutheil de la Rochère

Gallimard Jeunesse

Pour la famille Kilmer

CHAPITRE 1

La mauvaise porte

C'est une histoire qui s'est passée il y a très long-temps, à l'époque où votre grand-père était un petit garçon. Une histoire très importante, car c'est elle qui permet de comprendre comment les échanges entre notre monde et le pays de Narnia ont com-mencé.

À cette époque, Sherlock Holmes vivait encore à Baker Street. À cette époque, si vous aviez été un petit garçon, vous auriez porté un uniforme de collégien au col empesé tous les jours, et les écoles étaient souvent plus strictes qu'aujourd'hui. En revanche les repas étaient meilleurs. Quant aux bonbons, je ne vous dirai pas à quel point ils étaient exquis et bon marché, sinon je vous mettrais l'eau à la bouche pour rien. Enfin, à cette époque vivait à Londres une petite fille qui s'ap-pelait Polly Plummer.

Elle habitait dans une de ces longues rangées de maisons accolées les unes aux autres. Un matin, elle était dehors dans le jardin arrière quand soudain un petit garçon grimpa du jardin voisin et montra son visage au-dessus du mur. Polly fut extrêmement surprise car elle n'avait jamais vu d'enfants dans cette maison. Seuls y vivaient M. Ketterley et Mlle Ketterley, un vieux garçon et une vieille fille, frère et sœur. Piquée par la curiosité, elle leva le regard. Le visage du petit garçon était très sale, on aurait dit qu'il avait pleuré puis séché ses larmes en se frottant avec les mains pleines de terre. Le fait est que c'est plus ou moins ce qu'il venait de faire.

– Bonjour, dit Polly.

– Bonjour, répondit le petit garçon. Comment t'appelles-tu ?

– Polly. Comment t'appelles-tu, toi ?

– Digory.

– Ça alors, quel drôle de nom !

– Pas plus que Polly.

– Ah ! si.

– Non.

– En tout cas, moi au moins je me lave la figure, dit Polly, ce qui ne te ferait pas de mal, surtout après avoir…

Soudain elle s'arrêta. Elle allait dire : « après avoir pleurniché… », mais elle se ravisa car elle se dit que ce n'était pas très courtois.

– Oui, c'est vrai, j'ai pleuré, répondit Digory beaucoup plus fort, comme s'il n'avait plus rien à perdre qu'on le sache. Toi aussi, tu pleurerais, si tu avais vécu toute ta vie à la campagne avec un poney et un ruisseau au bout du jardin et que brutalement on t'amenait vivre ici, dans ce trou pourri.

– Ce n'est pas un trou, Londres, répondit Polly, indignée.

Mais le petit garçon, trop absorbé par son explication pour y faire attention, continua :

– Et si ton père était parti en Inde, si tu étais obligée de vivre avec une vieille tante et un oncle fou (je me demande qui aimerait), et si tout ça c'était parce qu'il fallait qu'ils s'occupent de ta mère, et si en plus ta mère était malade et allait m… mourir…

Son visage se tordit alors d'une drôle de façon, comme lorsque vous essayez de retenir vos larmes.

– Je ne savais pas, je suis désolée, répondit humblement Polly.

Comme elle ne savait plus très bien quoi dire et qu'elle voulait changer les idées de Digory en abordant des sujets plus gais, elle demanda :

– M. Ketterley est vraiment fou ?

– Soit il est fou, soit il y a un mystère. Il a un cabinet de travail au dernier étage, dans lequel tante Letty m'a interdit de monter, ce qui déjà me paraît louche. Et puis il y a autre chose. Chaque fois qu'il essaie de me parler quand nous sommes à table – il ne lui parle jamais – elle lui coupe la parole en disant : « Tu vas faire de la peine à notre petit neveu, Andrew » ou : « Je suis sûre que Digory n'a aucune envie d'entendre parler de ça » ou encore : « Au fait, Digory, tu ne voudrais pas aller jouer dans le jardin ? »

– Et ton oncle, quel genre de choses essaie-t-il de te dire ?

– Je ne sais pas. Il n'arrive jamais à aligner plus de trois mots. Mais il y a encore plus grave. Un soir, à vrai dire hier soir, je suis passé au pied des escaliers du grenier pour aller me coucher et je suis sûr que j'ai entendu un cri.

– Peut-être qu'il y a une folle enfermée là-haut.

– Oui, j'y ai pensé.

– Ou c'est un faux-monnayeur.

– Ou peut-être qu'il a été pirate, comme le personnage au début de *L'Île au trésor*, qui se cache depuis toujours pour fuir ses camarades de bord.

– Fantastique ! s'exclama Polly. Je ne savais pas que ta maison était si passionnante.

– Tu penses peut-être qu'elle est passionnante, mais tu l'apprécierais beaucoup moins si tu devais y dormir. Par exemple, que dirais-tu si tous les soirs, allongée dans ton lit, tu devais attendre que l'oncle Andrew glisse le long du corridor devant ta chambre avec ce bruissement qui fait froid dans le dos ? Et si tu voyais ses yeux, tellement effroyables…

C'est ainsi que Polly et Digory firent connaissance. Comme c'était au début des grandes vacances et que ni l'un ni l'autre n'allait à la mer cette année-là, ils prirent l'habitude de se voir presque tous les jours.

Leurs aventures commencèrent tout simplement parce que c'était un des jours de l'été les plus pluvieux et les plus froids depuis de nombreuses années. Ils avaient donc choisi des activités d'intérieur – d'exploration intérieure pour ainsi dire. Dans une grande maison, ou dans une rangée de maisons, un seul bout de chandelle suffit pour que des trésors d'exploration possibles s'ouvrent à vous. Depuis longtemps déjà, Polly avait découvert chez elle une certaine petite porte dans le débarras du grenier, qui donnait sur une citerne cachant un espace très sombre dans lequel on pouvait se glisser en grimpant avec précaution. Cet espace ressemblait à un long tunnel limité par un mur en brique d'un côté et un toit incliné de l'autre, dont

les ardoises laissaient passer des rais de lumière. Il n'y avait pas de véritable plancher, il fallait enjamber les poutres une par une car elles n'étaient reliées que par une mince couche de plâtre. En posant le pied dessus on risquait de tomber et de percer le plafond de la pièce inférieure.

Polly utilisait ce petit bout de tunnel derrière la citerne comme un repaire de contrebandiers. Elle y avait monté de vieux morceaux de caisse, des sièges de chaises de cuisine cassées et d'autres objets de ce genre qu'elle avait installés entre les poutres de façon à former une espèce de plancher. Elle conservait en outre un petit coffre qui contenait différents trésors, dont le manuscrit d'une histoire qu'elle était en train d'écrire, et en général quelques pommes. Souvent, elle s'isolait là pour boire un peu de boisson au gingembre, si bien qu'avec toutes les bouteilles sa cachette ressemblait encore plus à un repaire de contrebandiers.

Digory aimait beaucoup ce repaire (même si Polly refusait toujours de lui montrer l'histoire qu'elle écrivait) mais il avait surtout envie d'aller explorer les lieux alentour.

– Regarde, dit-il, jusqu'où va le tunnel ? Je veux dire, est-ce qu'il s'arrête là où finit ta maison ?

– Non, les murs ne s'arrêtent pas avec le toit. Ça continue, mais je ne sais pas jusqu'où.

– Alors nous pourrions peut-être traverser toute la rangée de maisons.

– Peut-être… et… oh ! mais je sais ! s'écria Polly.

– Quoi ?

– Nous pourrions rentrer à l'intérieur des autres maisons.

– C'est ça, et nous faire prendre pour des cambrioleurs ! Non merci, répondit Digory.

– Tu vas trop loin. Je pensais simplement à la maison qui se trouve au-delà de la tienne.

– Qu'est-ce qu'elle a ?

– Eh bien, c'est celle qui est vide. Papa dit qu'elle est vide depuis toujours, depuis que nous avons emménagé ici.

– Dans ce cas, nous devrions aller y jeter un œil, acquiesça Digory, beaucoup plus excité que ne le laissait entendre le ton de sa voix.

Naturellement, Digory pensait – comme vous, certainement, et comme Polly – à toutes les raisons qui pouvaient expliquer que cette maison soit vide depuis si longtemps. Ni l'un ni l'autre n'osait prononcer le mot « hanté », mais tous deux savaient qu'une fois que l'idée était lancée il était difficile de faire marche arrière.

– Si nous allions voir tout de suite ? proposa Digory.

– D'accord.

– Mais n'y va pas si tu n'y tiens pas.

– Si tu y vas, j'y vais, dit-elle.

– Mais comment saurons-nous que nous sommes dans la maison située après la mienne ?

Ils décidèrent de revenir dans le débarras et de le traverser en faisant des pas de la largeur d'un intervalle entre deux poutres. Cela leur donnerait une idée du nombre de poutres qu'il fallait enjamber pour traverser une pièce. Puis ils ajouteraient environ quatre poutres pour le passage qui reliait les deux greniers de la maison de Polly, et le même nombre pour la chambre de la servante que pour le débarras. En parcourant deux fois la longueur totale, ils arriveraient au bout de la maison de Digory. À partir de là, la première porte donnerait normalement sur le grenier de la maison vide.

– En fait je ne pense pas qu'elle soit vraiment vide, dit Digory.

– Comment ça ?

– À mon avis quelqu'un y vit en cachette ; il doit entrer et sortir la nuit avec une lanterne sourde. Si ça se trouve, nous allons tomber sur un gang de bandits désespérés qui nous proposeront une récompense. Une maison ne peut pas être vide depuis tant d'années sans qu'il y ait un mystère, ça ne tient pas debout.

– Papa pense que c'est à cause de l'état de la plomberie.

– Pouah ! Les adultes ont toujours des explications d'une platitude ! rétorqua Digory.

Comme ils n'étaient plus en train de discuter au fond du repaire de contrebandiers, à la lueur de bougies, mais au milieu du grenier, à la lumière du jour, la maison vide paraissait beaucoup moins mystérieuse.

Après avoir mesuré la longueur du grenier, chacun dut prendre un papier et un crayon pour faire quelques additions. Dans un premier temps ils obtinrent des résultats différents, puis ils s'accordèrent, mais là encore ils n'étaient pas entièrement certains d'avoir des résultats fiables. Ils avaient surtout hâte de partir à l'aventure.

– Il faut être le plus discret possible, prévint Polly tandis qu'ils grimpaient à nouveau derrière la citerne.

L'occasion était si exceptionnelle qu'ils avaient pris une bougie chacun (Polly en avait une importante réserve).

Il faisait très sombre, ils avançaient poutre après poutre au milieu de la poussière et des courants d'air, sans dire un mot, chuchotant de temps à autre : « Là, nous sommes de l'autre côté de ton grenier » ou : « Nous sommes sûrement à mi-chemin de ta maison… »

Ni l'un ni l'autre ne trébucha, aucune des bougies ne s'éteignit, jusqu'au moment où ils finirent par apercevoir une petite porte au milieu du mur en brique sur la droite. Naturellement elle n'avait ni verrou ni poignée, car c'était une porte conçue pour entrer, non pour sortir. En revanche elle avait un loquet (comme il y en a souvent sur la face intérieure des portes de placards) qu'ils étaient certains de pouvoir tourner.

– J'y vais ? demanda Digory.

– Si tu y vas, j'y vais, répéta Polly.

Ils savaient que c'était risqué, mais ils n'avaient plus aucune envie de faire marche arrière. Digory eut un peu de mal à tirer et tourner le loquet en même temps mais, brusquement, la porte s'ouvrit et ils furent aveuglés par la lumière du jour. Immédiatement, ils comprirent qu'ils étaient tombés sur une pièce meublée – peu meublée certes. Un silence de mort régnait. La curiosité de Polly fut piquée au vif. Elle souffla sur sa bougie pour l'éteindre et fit un pas à l'intérieur de cette étrange pièce, plus discrète qu'une souris.

La pièce avait la forme d'un grenier, mais elle était meublée comme un salon. Les murs étaient tapissés d'étagères remplies de livres. Un feu brûlait dans l'âtre (n'oubliez pas que c'était un jour d'été exceptionnellement froid et pluvieux) et en face de la cheminée, leur tournant le dos, se trouvait un fauteuil très haut. Entre Polly et le fauteuil, une grande table prenait presque toute la place, sur laquelle étaient amoncelées toutes sortes de choses – des livres, des carnets, comme ceux dans lesquels on écrit, des bouteilles d'encre, des stylos à plume, de la cire à cacheter et un microscope. La première chose que remarqua Polly était un pla-

teau en bois rouge vif sur lequel étaient posées plusieurs bagues. Celles-ci étaient rangées par paires – une jaune et une verte, un espace, une autre jaune et une autre verte. Elles étaient de taille ordinaire mais on ne pouvait pas ne pas les remarquer tant elles brillaient. Il était difficile d'imaginer des bijoux plus ravissants. Plus petite, Polly eût certainement été tentée de les mettre dans sa bouche.

Le silence dans la pièce était si profond que l'on remarquait tout de suite le tic-tac de l'horloge. Pourtant, pensait Polly, ce n'était pas non plus un silence absolu. L'on percevait un léger – léger, très léger – bourdonnement. Si l'aspirateur avait existé à cette époque, Polly aurait dit que c'était le bruit d'un Hoover que quelqu'un passait sur une large surface, plusieurs pièces plus loin et plusieurs étages plus bas. En fait c'était un son plus agréable, qui avait quelque chose de plus musical, mais tellement sourd qu'on pouvait à peine l'identifier.

– C'est parfait, il n'y a personne, dit Polly en se retournant vers Digory.

À présent sa voix couvrait un chuchotement. Digory s'avança en clignant les yeux, le visage plus sale que jamais – comme Polly.

– Non, ça ne vaut plus le coup, dit-il, ça n'est pas une maison vide. Nous ferions mieux de partir avant que quelqu'un arrive.

– Qu'est-ce que tu penses que c'est ? demanda-t-elle en indiquant les bagues de couleur.

– Non, s'il te plaît, plus vite nous…

Il ne finit jamais sa phrase car un événement survint alors… Le fauteuil en face du feu se mit soudain en branle et l'on vit se lever – telle une pantomime diabolique surgissant d'une trappe – l'inquiétante silhouette de l'oncle Andrew. Ils n'étaient pas dans la maison vide, ils étaient chez Digory, dans le cabinet de travail interdit ! Les deux amis poussèrent un « Oh ! » de surprise en comprenant leur erreur. Ils auraient dû se douter depuis le début qu'ils n'avaient pas pu aller bien loin.

L'oncle Andrew était grand et élancé, il avait un long visage toujours impeccablement rasé, un nez très pointu, des yeux extrêmement vifs et une épaisse crinière de cheveux en bataille. Digory était absolument sans voix car son oncle avait l'air encore plus inquiétant que d'habitude. Quant à Polly, elle n'était pas vraiment effrayée, mais cela n'allait pas tarder.

Aussitôt, l'oncle Andrew traversa le cabinet comme une furie pour fermer la porte à double tour. Puis il se retourna, darda sur les enfants son regard perçant et fit un large sourire découvrant toutes ses dents.

– Enfin ! s'exclama-t-il. Cette fois-ci ma sœur, cette imbécile, ne pourra pas mettre la main sur vous !

Quelle drôle de réaction ! Elle n'avait rien d'une réaction d'adulte. Le cœur de Polly se mit à battre de plus en plus vite, et les deux amis commencèrent à reculer vers la petite porte par laquelle ils étaient entrés. Hélas, l'oncle Andrew était beaucoup plus rapide. Il se glissa derrière eux, ferma la seconde porte et se planta devant eux. Il se frottait les mains en faisant craquer ses articulations. Il avait de très longs doigts, d'une blancheur éclatante.

– Je suis ravi de vous voir, dit-il. Deux enfants, c'est exactement ce que je voulais.

– Je vous en prie, M. Ketterley, implora Polly, c'est bientôt l'heure du déjeuner, il faut que je rentre à la maison. Pourriez-vous avoir la gentillesse de nous laisser rentrer, s'il vous plaît ?

– Non, pas tout de suite. Je ne vais pas laisser passer une occasion pareille. J'ai besoin de deux enfants, vous comprenez, car je suis au milieu d'une expérience de la plus haute importance. C'est une expérience que j'ai déjà faite sur un cochon d'Inde et qui a eu l'air de marcher. Mais comme les cochons d'Inde ne parlent pas, je n'ai pas les moyens de leur expliquer comment revenir.

– Écoutez, oncle Andrew, interrompit Digory, s'il vous plaît, c'est l'heure du déjeuner, ils ne vont pas tarder à nous appeler. Il faut absolument que vous nous laissiez rentrer.

– Il faut ?

Digory et Polly échangèrent un regard. Ils n'osaient rien dire mais leur regard signifiait « Quelle horreur ! » en même temps que : « Nous sommes obligés de nous plier à sa volonté. »

– Si vous nous laissez rentrer maintenant, suggéra Polly, nous pourrons revenir après le déjeuner.

– Ah ! oui, mais qui me garantit que vous reviendrez ? répondit l'oncle Andrew avec un sourire malicieux.

– Bon, bon, se reprit-il, comme s'il avait changé d'avis, si vous devez à tout prix y aller, allez-y. Je comprends parfaitement que deux jeunes gens de votre âge ne trouvent pas très drôle de discuter avec un vieux barbon comme moi, soupira-t-il. Vous ne pouvez pas savoir à quel point je me sens seul parfois. Mais n'en parlons plus. Allez déjeuner. Seulement il faut d'abord que je vous offre un cadeau. J'ai rarement la chance d'avoir une petite fille dans mon vieux cabinet crasseux, surtout, si je puis me permettre, une jeune fille aussi ravissante que mademoiselle.

Polly commençait à penser qu'après tout il n'était peut-être pas si fou que ça…

– Que diriez-vous d'une jolie petite bague, ma chère ?

– Vous voulez dire une des bagues jaunes ou vertes ? répondit-elle. Ce serait un tel plaisir !

– Non, pas l'une des vertes. J'ai peur de ne pouvoir me séparer des vertes. Mais je serais ravi de pouvoir vous offrir l'une des jaunes, en toute amitié. Venez, approchez-vous et essayez-en une.

Dominant à présent sa peur, Polly était convaincue que le vieux monsieur n'était pas fou. En outre ces bagues avaient quelque chose d'étrangement irrésistible. Elle s'approcha du plateau.

– Ça alors ! j'en étais sûre, s'écria-t-elle, le bourdonnement que j'entendais devient plus fort par ici, on dirait qu'il vient des bagues.

– Qu'est-ce que c'est que ces sornettes ? s'esclaffa l'oncle Andrew.

Il eut beau éclater de rire très spontanément, Digory surprit sur son visage une expression d'impatience proche de l'avidité.

– Polly ! Ne fais pas l'idiote ! hurla-t-il. N'y touche pas !

Trop tard. Au moment même où il prononçait ces mots, la main de Polly s'avança pour se poser sur l'une des bagues. Aussitôt, sans un bruit, sans un éclair ni le moindre signal, il n'y eut plus de Polly.

Digory et son oncle étaient seuls dans la pièce.

CHAPITRE 2

Digory et son oncle

Digory ne put retenir un hurlement. Jamais il n'avait vécu d'expérience aussi violente et aussi terrifiante, même dans ses pires cauchemars. Soudain, il sentit la main de l'oncle Andrew plaquée contre sa bouche.

– Je t'en prie, siffla-t-il à l'oreille de Digory, si tu commences à faire du bruit, ta mère va t'entendre, tu sais ce qu'elle risque à la moindre perturbation.

Comme Digory devait l'expliquer plus tard, il fut scandalisé par le chantage de son oncle, mais il se garda bien de pousser un second hurlement.

– C'est mieux, dit l'oncle Andrew. C'était sans doute plus fort que toi. Je dois dire que c'est un choc de voir quelqu'un disparaître. Même moi, ça m'a fait un drôle d'effet l'autre soir quand c'est arrivé au cochon d'Inde.

– Le soir où vous avez poussé un cri ?

– Ah ! tu as entendu, n'est-ce pas ? J'espère que tu n'étais pas en train de m'espionner ?

– Non, pas du tout, répondit Digory, indigné, mais qu'est-il arrrivé à Polly ?

– Tu pourrais me féliciter, répondit l'oncle Andrew en se frottant les mains. Mon expérience a réussi. Cette petite fille a disparu – évanouie – hors du monde.

– Qu'est-ce que vous lui avez fait ?

– Je l'ai envoyée… disons, dans un autre lieu.

– Qu'est-ce que vous voulez dire ?

– Attends, je vais t'expliquer, répondit l'oncle Andrew en s'asseyant. Tu as déjà entendu parler de la vieille Mme Lefay ?

– Ce n'était pas une grand-tante ou quelque chose comme ça ?

– Pas exactement, non. C'était ma marraine. C'est elle, là, que tu vois sur le mur.

Digory leva le regard et vit une photographie aux couleurs passées qui représentait le visage d'une vieille femme en bonnet. Il se souvint qu'une fois il avait aperçu une photographie de ce visage dans un vieux tiroir, chez lui à la campagne. Il avait demandé à sa mère qui c'était, mais celle-ci semblait avoir des réticences à aborder le sujet. Digory gardait le souvenir d'un visage peu sympathique, même si, bien sûr, avec les photos anciennes, il est difficile d'avoir une idée juste.

– Y avait-il – ou plutôt n'y avait-il pas – quelque chose de bizarre chez elle, oncle Andrew ?

– Disons, répondit-il avec un léger gloussement, que cela dépend de ce que tu entends par « bizarre ». Les gens ont l'esprit tellement étroit. Il est vrai qu'à la fin de sa vie elle est devenue assez extravagante. Elle a fait des choses très imprudentes. C'est pour ça qu'on l'a enfermée.

– Vous voulez dire dans un asile ?

– Oh non ! non, non, répondit l'oncle Andrew, légèrement interloqué. Rien de tel. Simplement en prison.

– Non ! Qu'est-ce qu'elle avait fait ?

– Ah ! la pauvre femme… Elle avait encore manqué de prudence et elle avait commis un certain nombre d'erreurs. Mais je n'ai aucune raison de rentrer dans les détails, elle a toujours été très gentille avec moi.

– Je veux bien, mais qu'est-ce que tout cela a à voir avec Polly ? J'aimerais bien que vous m…

– Attends, tu comprendras, répondit l'oncle Andrew. On a laissé sortir la vieille Mme Lefay avant

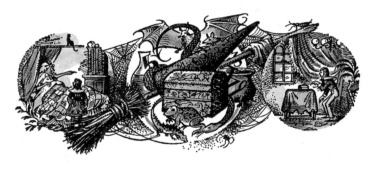

sa mort et je suis l'une des rares personnes qu'elle a consenti à voir à ce moment-là. Elle finissait par éprouver du mépris pour les gens ordinaires, ignorants… tu vois ce que je veux dire. Moi aussi, à vrai dire. Nous étions tous les deux attirés par le même type de phénomènes. Quelques jours avant sa mort, elle m'a demandé d'aller chez elle et de lui rapporter une petite boîte qui se trouvait au fond d'un tiroir secret dans un vieux bureau. Au moment même où j'ai pris la boîte, j'ai compris au picotement qui m'a brûlé les doigts que je détenais entre les mains un secret de la plus haute importance. Elle m'a remis la boîte en me faisant promettre qu'aussitôt après sa mort je la brûlerais telle quelle, sans l'avoir ouverte et après avoir effectué un certain rituel. Or je n'ai pas tenu cette promesse.

– Ça, c'est vraiment moche de votre part ! s'exclama Digory.

– Moche ? reprit l'oncle Andrew, l'air étonné. Ah ! oui, je comprends, c'est parce qu'on apprend aux enfants qu'il faut tenir ses promesses. C'est vrai, tu as entièrement raison, je suis content de voir que c'est ce qu'on t'a appris. Cependant, tu comprendras, j'en suis certain, que de telles règles ont beau être sacrées pour les petits garçons – de même que pour les domestiques… les femmes… et au fond pour tout le monde en général – il est difficile de les imposer aux chercheurs les plus sérieux, aux grands savants, ou aux sages. Non, Digory, c'est impossible. Ceux qui, comme moi, possèdent une sagesse secrète ne sont pas tenus de suivre les règles du commun des mortels, pas plus qu'ils ne partagent leurs plaisirs. Nous sommes promis à une destinée exceptionnelle et solitaire, mon enfant.

Tout en prononçant ces paroles, l'oncle Andrew soupirait avec une expression si grave, si noble et si mystérieuse que Digory fut assez impressionné. Néanmoins, il se rappela le regard terrifiant qu'il avait surpris sur le visage de son oncle au moment où Polly avait disparu, et aussitôt il lut entre les lignes de ses propos grandiloquents : « Tout ce que ça veut dire, se disait-il, c'est qu'il se croit tout permis pour obtenir tout ce qu'il souhaite. »

– Bien entendu, poursuivit l'oncle Andrew, je n'ai pas osé ouvrir la boîte avant un certain temps, car je me doutais qu'elle contenait quelque chose de très dangereux. Ma marraine était une femme absolument remarquable. C'était une des dernières mortelles de ce pays à avoir du sang de fée. Elle disait qu'il y en avait deux autres à son époque : la première était duchesse, la seconde était femme de ménage. Est-ce que tu te rends bien compte, mon cher Digory, que tu es en train de parler avec le dernier homme (autant que je sache) à avoir eu une véritable fée pour marraine ? Tu imagines ! J'espère que t'en souviendras encore le jour où tu seras un vieux monsieur.

« Je parie que c'était une mauvaise fée », songea Digory, avant d'ajouter tout haut :

– Et Polly dans tout ça ?

– C'est fou comme tu ne cesses de revenir à elle. Comme si c'était ce qu'il y avait de plus important ! Ma première tâche fut donc d'examiner la boîte elle-même. Elle était très ancienne, mais j'en savais déjà assez à l'époque pour savoir qu'elle ne venait ni de Grèce, ni d'Égypte ancienne, ni de Babylone, ni de chez les Hittites, ni de Chine. Elle datait d'une

27

période bien antérieure. Ah !... le jour où j'ai enfin découvert la vérité, ce fut un jour extraordinaire. C'était une boîte qui venait de l'île perdue de l'Atlantide et datait de cette période. Elle avait des siècles et des siècles de plus que tous les objets de l'âge de pierre retrouvés en Europe. D'ailleurs elle n'avait rien à voir avec ces objets grossiers et sommaires. Dès la première aube des temps, l'Atlantide était une immense cité qui comprenait des palais, des temples et des savants.

L'oncle Andrew fit une longue pause, comme s'il attendait que Digory intervienne. Mais celui-ci, de plus en plus méfiant, ne dit rien.

– Cependant, poursuivit l'oncle Andrew, je m'instruisais aussi par d'autres moyens – qu'il ne serait pas convenable d'évoquer devant un enfant – sur la magie en général. Si bien que je finis par avoir une idée assez précise sur le genre d'objets que devait contenir la boîte. J'ai fait plusieurs expériences qui m'ont permis de réduire le nombre d'hypothèses possibles. Mais il fallait que je rencontre quelqu'un qui… hum… qui soit doué de pouvoirs démoniaques surnaturels, pour pouvoir mener de nouvelles expériences peu agréables. C'est de cette époque que datent mes cheveux gris. On ne devient pas magicien sans en payer le prix. D'ailleurs ma santé a commencé à me lâcher. Mais je m'en suis remis et j'ai fini par savoir.

Bien qu'il n'y eût pas la moindre chance que l'on puisse les entendre, l'oncle Andrew se pencha en avant pour murmurer à l'oreille de Digory :

– La boîte de l'Atlantide contenait quelque chose qui avait été ramené d'un autre monde, d'un monde datant d'une époque où le nôtre était à peine naissant.

– Quoi ? demanda Digory, intéressé malgré lui.

– De la poussière, tout simplement, répondit l'oncle Andrew. Une poussière fine et sèche, qui n'avait rien d'exceptionnel à regarder. Tu penses sans doute que ce n'est pas grand-chose pour une vie entière consacrée à cette recherche. Oui… mais quand je me suis penché sur cette poussière (j'ai fait attention, tu peux me faire confiance, de ne pas y toucher) en songeant que chacune de ces particules avait appartenu à un autre monde, pas à une autre planète, tu comprends, car les planètes font partie de notre monde et il suffirait de voyager assez loin pour les atteindre, non, vraiment, un monde autre, une nature autre, un univers autre, un lieu que personne ne pourrait jamais atteindre, même en voyageant à travers l'espace de notre univers pendant une durée infinie, un monde auquel seule la magie permettrait d'accéder… ah…

À ces mots, l'oncle Andrew se frotta les mains et l'on entendit ses articulations craquer comme les éclats d'un feu d'artifice.

– Je savais qu'il suffisait de retrouver la formule exacte de cette poussière pour qu'elle vous transporte sur son lieu d'origine. La difficulté était là : retrouver sa formule. Toutes mes expériences jusque-là avaient échoué. Je les avais menées sur des cochons d'Inde. Certains étaient morts, d'autres avaient explosé comme de petites bombes...

– Quelle cruauté ! s'écria Digory qui avait eu un cochon d'Inde peu de temps auparavant.

– Cesse donc de t'éloigner du sujet ! C'est à ça qu'elles servaient ces petites bêtes, c'est pour ça que je les avais achetées. Bon, attends... où en étais-je ? Ah ! oui... Finalement j'ai réussi à fabriquer des bagues, les bagues jaunes. Mais une nouvelle difficulté se présentait. J'étais quasiment certain que les bagues jaunes permettraient d'envoyer n'importe quel être qui les toucherait dans cet autre monde. Mais quel était l'intérêt si je ne pouvais pas faire revenir ces êtres afin qu'ils me racontent ce qu'ils avaient vu là-bas ?

– Et eux alors, vous ne pensiez pas à eux ? interrompit Digory. Ils auraient été dans de beaux draps s'ils ne pouvaient pas revenir !

– Tu ne comprendras donc jamais les choses comme il faut, rétorqua l'oncle Andrew, non sans impatience. Tu ne vois pas que c'était une expérience unique ? Tout l'intérêt était de découvrir à quoi ressemblait ce lieu.

– Dans ce cas-là, pourquoi n'y êtes-vous pas allé vous-même ?

Digory n'avait jamais vu personne d'aussi surpris et offensé que son oncle au moment où il posa cette question.

– Moi ? Moi ? s'écriait-il. Ce garçon a perdu la tête ! Un homme arrivé à ce stade de la vie, dans mon état de santé, risquer le choc de se voir envoyé de façon aussi brutale dans un autre univers ? De ma vie je n'ai entendu de propos plus grotesque. Tu te rends compte de ce que tu es en train de dire ? Réfléchis à ce que signifie un monde autre – un monde où tu peux rencontrer n'importe quoi… n'importe quoi.

– Certes, et j'imagine que c'est là que vous avez envoyé Polly, ajouta Digory, les joues enflammées par la colère. Eh bien moi, tout ce que je peux dire, c'est que vous avez beau être mon oncle, vous vous êtes comporté comme un lâche – envoyer une petite fille dans un lieu où vous n'osez même pas mettre les pieds !

– Silence, mon petit monsieur ! répliqua l'oncle Andrew, en claquant sa main contre la table. Je ne permettrai jamais à un vulgaire petit écolier, qui plus est le visage dégoûtant, de me parler sur ce ton. Tu ne comprends rien à rien. C'est moi qui dirigeais l'expérience, moi, le grand savant, le magicien. Il était normal que j'aie besoin de cobayes. Encore un peu et tu vas me dire que j'aurais dû demander aux cochons d'Inde la permission de les utiliser. Sache que le vrai savoir ne s'obtient jamais sans sacrifice.

Mais l'idée que j'y aille moi-même est tout simplement ridicule. Autant demander à un général de se battre comme un simple soldat. Imagine que j'aie été tué, que serait devenu tout le travail auquel j'ai consacré ma vie ?

– Oh, je vous en prie, arrêtez de me sermonner, interrompit Digory. Est-ce que vous allez ramener Polly ?

– J'allais justement te dire, avant que tu ne m'interrompes si abruptement, que j'ai fini par trouver le moyen d'effectuer le trajet de retour. Ce sont les bagues vertes.

– Mais Polly n'a pas pris de bague verte.

– Non, répondit l'oncle Andrew avec un sourire cruel.

– Alors elle ne peut pas revenir ! s'écria Digory. Autant dire que vous l'avez assassinée.

– Si, elle peut revenir à condition qu'un autre aille la chercher en portant lui-même une bague jaune et en emportant deux bagues vertes, l'une pour revenir, lui, l'autre pour la ramener, elle.

Immédiatement Digory comprit le piège dans lequel il était tombé. Le regard figé sur l'oncle Andrew, il ne disait pas un mot, bouche bée, les joues d'une pâleur impressionnante.

– J'espère, ajouta bientôt l'oncle Andrew d'une voix assurée, comme l'oncle idéal qui viendrait vous donner une petite somme d'argent de poche et quelques bons conseils, j'espère, Digory, que tu n'es pas du genre à abandonner. Je serais vraiment désolé de savoir qu'un membre de notre famille manque de sens de l'honneur et de noblesse au point de renoncer à aller au secours de s… sa dame en danger.

– Oh, taisez-vous, je vous en prie ! s'exclama Digory. Si vous aviez un minimum de sens de l'honneur et tout le reste, vous iriez vous-même. Mais je sais que vous ne le ferez pas. J'ai compris, je sais ce qu'il me reste à faire. Seulement sachez que vous êtes un monstre. Je suppose que vous avez tout organisé de façon à ce qu'elle disparaisse sans le savoir et que je sois obligé d'aller la rechercher.

– C'est évident, répondit l'oncle Andrew avec son effroyable sourire.

– Très bien. J'irai. Mais il y a une chose que j'aime autant vous dire tout de suite. Jusqu'ici je ne croyais pas à la magie, mais maintenant je vois que ça existe et j'imagine que les vieux contes de fées sont plus ou moins vrais. Dans ce cas-là, vous, vous êtes un de ces infects magiciens maléfiques qu'on y rencontre. La seule différence, c'est que jamais je n'ai lu d'histoire dans laquelle ce type de personne ne finissait pas par payer, et vous, je peux vous dire que vous paierez. C'est tout ce que vous méritez.

Pour la première fois depuis que Digory lui parlait, l'oncle Andrew fut touché. Il sursauta et son visage prit une telle expression d'épouvante qu'il avait beau se comporter comme un scélérat, il faisait presque pitié. Pourtant, une seconde plus tard, il avait retrouvé bonne contenance et répondit avec un rire légèrement forcé :

– Bien, bien, il est normal qu'un enfant comme toi raisonne ainsi – vu que tu as été élevé au milieu de femmes. Mais ce sont de vieilles histoires de bonnes femmes, non ? Ne te fais pas de souci pour moi, Digory. Tu ferais mieux de penser aux dangers que court ta petite amie. Elle est partie il y a déjà un certain temps, et il serait quand même dommage d'arriver quelques minutes trop tard.

– Je vous remercie de votre bienveillance, rétorqua Digory sur un ton fier. Maintenant, assez de votre baratin. Que faut-il que je fasse ?

– Tu ferais mieux d'apprendre à maîtriser tes humeurs, mon garçon, répondit l'oncle Andrew très calmement. Sinon tu finiras par devenir comme la tante Letty. Enfin, bon, attends-moi.

Il se leva, enfila une paire de gants et se dirigea vers le plateau où étaient posées les bagues.

– Les bagues ne fonctionnent que si elles sont en contact direct avec la peau. Avec des gants, je peux les prendre… comme ça… sans qu'il ne se passe rien. Si tu en avais une dans la poche, il n'arriverait rien non plus, à condition bien entendu de veiller à ne pas y mettre la main pour ne pas la toucher par inadvertance. Car à l'instant où tu la touches, tu disparais hors de ce monde. Et une fois que tu es dans l'autre monde – évidemment ça n'a pas encore été prouvé, mais c'est ce que j'imagine –, au moment où tu touches une bague verte tu disparais de cet autre monde et – du moins je suppose – tu réapparais dans celui-ci. Voilà. Je prends ces deux bagues vertes et je les dépose dans ta poche droite. Surtout rappelle-toi bien dans quelle poche elles se trouvent. Verte-Droite, la terminaison est presque la même, par opposition à « au », comme Jaune-Gauche. Tu comprends ? Une pour toi et une pour ton amie. À présent, à toi de choisir l'une des bagues jaunes. Si j'étais toi je la mettrais à… au doigt. Tu risqueras moins de la faire tomber.

Digory était sur le point de prendre la bague jaune quand soudain il se ravisa.

– Attendez, dit-il. Et maman ? Si jamais elle demande où je suis ?

– Plus tôt tu partiras, plus tôt tu reviendras, répondit l'oncle Andrew avec entrain.

– Peut-être, mais vous n'êtes même pas certain que je puisse revenir.

L'oncle Andrew haussa les épaules, alla jusqu'à la porte, la déverrouilla et l'ouvrit violemment en lançant :

– Bon, très bien, comme tu voudras. Descends déjeuner. Laisse tomber ta petite amie ; elle risque d'être dévorée par des animaux sauvages, de se noyer, de mourir de faim, ou de se perdre définitivement, mais puisque c'est ce que tu préfères… Personnellement, ça m'est égal. En revanche, il faudra peut-être que tu ailles chez Mme Plummer avant l'heure du thé pour lui expliquer qu'elle ne reverra plus sa fille… parce que tu n'as pas osé mettre une bague.

– Nom d'un chien ! s'écria Digory, si seulement j'étais assez grand pour vous écrabouiller la tête !

Il boutonna son manteau, prit une profonde respiration et saisit la bague. Car il savait – et il ne revint jamais là-dessus – qu'il ne pouvait décemment pas faire autrement.

CHAPITRE 3
Le Bois-d'entre-les-Mondes

L'oncle Andrew et son cabinet disparurent instantanément et tout, autour de Digory, se brouilla. Peu après, il vit apparaître au-dessus de lui une douce lumière verte et, sous ses pieds, les ténèbres. Il avait l'impression de n'être debout sur rien, ni assis, ni allongé. Rien ne semblait le toucher. « Je suis sûrement dans l'eau, se dit-il, ou sous l'eau. » Cette pensée le fit frémir, mais immédiatement il sentit qu'il était précipité vers le haut. Soudain sa tête émergea dans l'air et il se retrouva en train de se dégager d'une mare pour rejoindre un terrain recouvert d'un gazon moelleux.

Il se redressa sur ses pieds, mais curieusement, il n'était ni trempé ni à bout de souffle. Ses vêtements étaient parfaitement secs. Il était debout au bord d'une petite mare – à peine trois mètres de longueur –, au milieu d'un bois dont les arbres étaient si rapprochés et le feuillage si dense qu'il était impossible d'apercevoir le moindre éclat de ciel. Seule perçait cette lumière verte. Plus haut le soleil devait être très fort car c'était une lumière très intense, une lumière chaude.

Le bois était d'un calme inimaginable. L'on pouvait presque sentir les arbres pousser. La mare dont Digory venait d'émerger n'était pas la seule : il y en avait des dizaines – une tous les cinq ou six mètres, à perte de vue. Et l'on pouvait presque sentir les arbres boire l'eau de la terre à travers leurs racines. C'était un bois qui dégageait une impression de vie. Plus tard, quand il tentait de le décrire, Digory disait toujours : « C'était un endroit compact, aussi compact que du plum-cake. »

Plus étrange encore, Digory avait plus ou moins oublié comment il était arrivé là. Il ne pensait plus du tout ni à Polly, ni à l'oncle Andrew, ni même à sa mère. Il n'éprouvait aucune peur, aucune excitation, aucune curiosité. Si quelqu'un lui avait demandé : « D'où viens-tu ? », il aurait sans doute répondu : « J'ai toujours été ici. » Tel était son sentiment, comme s'il avait toujours été dans ce lieu sans jamais s'ennuyer, alors qu'il ne s'était jamais rien passé. Longtemps après, il disait encore : « Ce n'était pas le genre de lieu où il se passe des choses. Seuls les arbres continuaient de pousser, c'est tout. »

Après avoir observé le bois pendant un certain temps, il remarqua une petite fille allongée sur le dos au pied d'un arbre, à quelques mètres de lui. Elle avait les yeux fermés, ou plus ou moins fermés, comme si elle était entre la veille et le sommeil. Il l'observa longtemps sans rien dire. Puis elle finit par ouvrir les yeux et le fixa un long moment sans rien dire non plus. Elle se mit alors à parler d'une voix rêveuse, mais pleine.

– Il me semble que je vous ai déjà vu, dit-elle.

– Il me semble également que je vous ai déjà vue. Êtes-vous ici depuis longtemps ?

– Oh ! depuis toujours. Enfin… je ne sais plus… depuis très longtemps.

– Moi aussi.

– Non, vous, non. Je viens de vous voir sortir de cette mare.

– Oui, c'est vrai… sans doute, répondit Digory d'un ton perplexe. J'avais oublié.

Un long moment passa, pendant lequel ni l'un ni l'autre ne dit rien.

– Attendez, interrompit bientôt la fillette, je me demande si nous ne nous serions jamais rencontrés avant ? J'ai l'impression floue, ou comme une image dans la tête, d'un petit garçon et d'une petite fille comme nous, qui vivraient dans un lieu complètement différent et feraient toutes sortes de choses ensemble. Enfin… ce n'était peut-être qu'un rêve.

– J'ai fait le même rêve, du moins je crois. Il y avait un petit garçon et une petite fille qui habitaient côte à côte, et il était question d'un passage entre des poutres. Je me souviens que la fillette avait le visage barbouillé.

– Vous êtes sûr que vous ne vous trompez pas ? Dans mon rêve, c'était le garçon qui avait le visage barbouillé.

– Je ne me souviens pas de son visage à lui, reprit Digory, avant d'ajouter : Tiens ! mais qu'est-ce que c'est ?

– Comment ça ? C'est un cochon d'Inde, répondit la fillette.

En effet, c'était un gros cochon d'Inde, qui flairait l'herbe autour de lui. Il portait au milieu du dos un morceau de ruban et, nouée au ruban, une bague jaune brillante.

– Regardez ! s'écria Digory. La bague !

Regardez, vous en avez une au doigt, vous aussi. Moi aussi !

La petite fille se redressa pour s'asseoir, plus intriguée que jamais. Et tous deux recommencèrent à se dévisager en essayant de creuser dans leur mémoire.

Brusquement, pile à l'instant où elle cria : « M. Ketterley ! », il cria : « L'oncle Andrew ! » Ils avaient enfin compris qui ils étaient et se mirent à dévider tout le fil de leur histoire. Ce fut une discussion extrêmement vive, mais elle leur permit enfin de remettre les choses en ordre. Digory raconta notamment à quel point l'oncle Andrew avait été ignoble avec lui.

– Et maintenant, que faut-il faire ? demanda Polly. Prendre le cochon d'Inde et rentrer ?

– Il n'y a aucune urgence…, répondit Digory en bayant aux corneilles.

– Si, au contraire, dit-elle. Cet endroit est trop calme, trop… trop irréel. On se sent dans un demi-sommeil. Si nous commençons à nous laisser aller, il ne nous reste plus qu'à nous allonger et dormir jusqu'à la fin des temps.

– Mais l'endroit est très agréable, objecta Digory.

– Justement, trop agréable. Non, il faut rentrer, dit-elle en se levant et en commençant à se diriger doucement vers le cochon d'Inde avant de changer brutalement d'avis : Non, nous ferions mieux de laisser le cochon d'Inde ici. Il est parfaitement heureux, tandis que si nous le ramenons à la maison ton oncle va encore lui faire toutes sortes de misères.

– Je parie, oui, répondit Digory. Regarde la façon dont il nous a traités, nous. Au fait, comment est-ce qu'on fait pour rentrer ?

– En retournant dans la mare, j'imagine.

Ils avancèrent ensemble jusqu'au bord de la mare : la surface lisse de l'eau miroitant sous le reflet des branches aux feuillages verts donnait une impression de réelle profondeur.

– Nous n'avons pas de maillots de bain, remarqua Polly.

– Nous n'en avons pas besoin, bécasse. Il suffit d'entrer tout habillés. Tu ne te souviens pas que tu n'étais pas mouillée en sortant ?

– Tu sais nager ?

– Plus ou moins. Et toi ?

– Heuh… pas vraiment, répondit Polly.

– Je ne pense pas que nous aurons besoin de nager. Il suffit de sauter, non ?

Ni l'un ni l'autre n'était très rassuré par l'idée de sauter dans cette mare, mais aucun n'osait l'avouer. Ils se prirent la main, comptèrent jusqu'à trois – Un… Deux… Trois… Sautez ! – et sautèrent. Une immense éclaboussure jaillit et tous deux fermèrent les yeux. Mais lorsqu'ils les rouvrirent ils se tenaient toujours main dans la main au milieu du bois vert, et l'eau leur arrivait à peine à la cheville. La mare avait à peine quelques centimètres de profondeur ! Ils retournèrent alors sur la terre sèche.

– Pourquoi ça n'a pas marché ? s'écria Polly, effrayée – à vrai dire pas si effrayée que cela, car il était difficile de se sentir réellement effrayé dans ce bois. C'était un lieu trop paisible.

– Ah ! je sais ! s'exclama Digory. Mais je parie que ça ne va pas marcher. Nous avons toujours les bagues jaunes, qui servent au voyage d'aller, tu sais. Les vertes, elles, permettent de revenir. Il faut changer de bagues. Tu as des poches ? Bon… Alors, mets la bague jaune dans la poche gauche. Moi, j'ai deux bagues vertes. Tiens, en voilà une pour toi.

Tous deux retournèrent au bord de la mare. Mais avant même d'essayer de sauter une seconde fois, Digory poussa un long : « O-o-o-h ! »

– Qu'est-ce qu'il se passe ? demanda Polly.

– Je viens d'avoir une idée géniale. À ton avis, c'est quoi, toutes ces mares ?

– Comment ça ?

– Réfléchis, si nous pouvons revenir dans notre monde en sautant dans cette mare-là, nous pouvons peut-être accéder à un autre monde en sautant dans une autre mare ? En supposant qu'il y ait un monde différent au fond de chaque mare…

– Je croyais que nous étions déjà dans l'autre monde ou l'autre lieu dont parlait ton oncle, peu importe comment il l'appelait. Tu viens de dire que…

– Écoute, laisse tomber l'oncle Andrew. À mon avis il n'en sait rien du tout. Il n'a jamais eu le cran de venir ici lui-même. Il pensait à un seul autre monde, mais imagine qu'il y en ait des dizaines.

– Tu veux dire que ce bois serait l'un de ces mondes ?

– Non, je n'ai pas l'impression que ce bois soit un monde. Je pense que c'est une espèce de lieu entre-deux.

Polly avait l'air très perplexe.

– Tu ne vois pas ? demanda Digory. Attends, écoute. Rappelle-toi le tunnel chez nous, sous le toit. Il n'appartient pas vraiment à l'une des maisons. D'une certaine façon, il n'appartient même à aucune des maisons. Pourtant, une fois que tu es à l'intérieur, tu peux le longer et ressortir dans n'importe laquelle des maisons de la rangée. Si c'était la même chose avec le bois ? Un lieu qui ne serait aucun de ces mondes mais qui, une fois qu'on l'aurait trouvé, permettrait d'accéder à tous les autres mondes.

– D'accord, mais même si tu peux…, objecta Polly, tandis que Digory poursuivait, comme s'il ne l'avait pas entendue :

– Ce qui bien sûr explique tout. C'est pour ça que cet endroit est si calme et paraît endormi. Il ne s'y passe jamais rien. Comme chez nous. Dans les maisons, les gens parlent, s'occupent, prennent leurs repas. Dans les endroits entre-deux – entre les murs, au-dessus des plafonds et sous le plancher, ou dans notre tunnel à nous –, il ne se passe rien. Seulement quand tu quittes ce tunnel tu peux tomber dans n'importe quelle maison. À mon avis, nous pouvons quitter ce bois pour aller absolument n'importe où ! Nous n'avons pas besoin de sauter dans la même mare que celle qui nous a permis d'arriver ici. En tout cas pas tout de suite.

– Le Bois-d'entre-les-Mondes, dit Polly d'une voix rêveuse. Ça m'a l'air plutôt sympathique.

– Allez, viens, l'encouragea Digory. Quelle mare choisissons-nous ?

– Écoute, je n'essaie pas de nouvelle mare tant que nous ne sommes pas certains de pouvoir revenir à travers la première. Nous ne sommes même pas encore sûrs que celle-là marche.

– C'est ça, et se faire coincer par l'oncle Andrew qui nous reprendra les bagues avant même que nous ayons pu en profiter un peu. Non merci.

– Et si nous rentrions par cette mare jusqu'à mi-chemin seulement, juste pour voir si cela marche ? Si c'est le cas, nous changerons de bagues et remonterons avant d'être vraiment revenus dans le bureau de M. Ketterley.

– Qui dit que nous pouvons nous arrêter à mi-chemin ?

– Parce que… nous avons mis un certain temps à arriver. Donc j'imagine que nous mettrons un certain temps à revenir.

Digory discuta encore un moment avant de se laisser convaincre, mais il finit par se ranger à l'avis de Polly car elle refusait catégoriquement de continuer toute exploration de nouveaux mondes avant d'être sûre de pouvoir revenir dans le sien. Elle qui d'habitude était au moins aussi courageuse que Digory (face aux guêpes, par exemple), elle ne partageait pas son goût pour la découverte de phénomènes dont personne n'avait jamais entendu parler. Digory, lui, était le genre à vouloir tout découvrir : plus tard, il devint le fameux professeur Kirke que l'on retrouve dans d'autres livres.

Les deux amis se disputèrent encore un moment avant de tomber d'accord pour mettre les bagues vertes, se prendre la main et sauter. Voici ce qu'ils avaient décidé : s'ils avaient l'impression de revenir dans le bureau de l'oncle Andrew, ou même dans leur monde, Polly devait crier : « Change ! » et ils échangeraient la bague verte contre la jaune. Digory aurait voulu être celui qui criait : « Change ! » mais Polly n'avait pas cédé.

Ils enfilèrent les bagues vertes, se prirent par la main et crièrent : « Un... Deux... Trois... Sautez ! » Cette fois-ci fut la bonne.

Il est très difficile de décrire l'effet qu'ils ressentirent parce que tout se passa extrêmement vite. Au début ils virent des lumières scintiller et filer dans un ciel noir. (Aujourd'hui encore, Digory pense que c'étaient des étoiles, il jure même qu'il est passé assez près de Jupiter pour voir un de ses satellites.) Immédiatement après, ils découvrirent autour d'eux d'innombrables rangées de toits et de tuyaux de cheminées, et reconnurent la cathédrale Saint-Paul : ils étaient à Londres. Ils arrivaient à voir à travers les murs des maisons et aperçurent bientôt l'oncle Andrew sous forme d'une silhouette floue, puis de plus en plus nette, comme s'ils faisaient le point sur l'image. À ce moment-là, juste avant que l'oncle Andrew ne devienne tout à fait réel, Polly hurla : « Change ! », et ils changèrent : notre monde s'évanouit comme un rêve, la lumière verte venant du haut se fit de plus en plus intense et leur tête émergea hors de la mare. Ils étaient au milieu du Bois, toujours aussi vert, lumineux et paisible. Le tout n'avait pas pris une minute.

– Parfait ! s'écria Digory. Maintenant, en route pour la grande aventure. N'importe quelle mare fera l'affaire. Allez, on essaye celle-là.

– Attends ! dit Polly. Tu ne crois pas qu'il faudrait marquer la première mare ?

Quand ils comprirent ce qu'ils avaient failli oublier, ils échangèrent un long regard, pâles comme la mort. Il y avait dans le Bois un nombre infini de mares, qui, comme les arbres, se ressemblaient toutes. C'est pourquoi, s'ils avaient oublié de marquer la mare du retour, ils n'auraient eu quasiment aucune chance de la retrouver.

La main de Digory tremblait encore lorsqu'il ouvrit son canif et découpa un long ruban de gazon au bord de la mare. Le sol, parfumé, était d'un rouge-brun profond qui se distinguait nettement contre le vert du gazon.

– Heureusement que l'un de nous a un minimum de bon sens, fit remarquer Polly.

– Bon, ce n'est pas la peine d'insister. Allez, viens, j'ai envie de voir ce qu'il y a au fond d'une des autres mares.

Polly lui répondit de façon très cassante et il répondit quelque chose d'encore plus brusque. Leur dispute dura quelques minutes mais il serait trop ennuyeux de la rapporter par écrit. Passons tout de suite au moment où, le cœur battant et l'air assez angoissé, ils se tenaient main dans la main au bord de la mare inconnue, la bague jaune au doigt, avant de s'écrier à nouveau : « Un… Deux… Trois… Sautez ! »

Plouf ! Une fois de plus, c'était raté. La mare devait encore être une simple flaque. Loin de découvrir un nouveau monde, ils avaient les pieds et les jambes trempés pour la seconde fois de la matinée – à supposer que cela fût le matin dans ce Bois-d'entre-les-Mondes, où le temps semblait arrêté.

– Mince alors ! la barbe ! s'écria Digory. Qu'est-ce qui ne va pas encore ? Nous avons mis les bagues jaunes comme il faut. Il m'a dit les jaunes pour l'aller.

En vérité l'oncle Andrew, qui ignorait tout du Bois-d'entre-les-Mondes, se trompait complètement sur les bagues. Les bagues jaunes n'étaient pas des bagues « aller », pas plus que les vertes n'étaient des bagues « retour », du moins pas dans le sens où il l'entendait. Les bagues avaient été fabriquées dans une matière qui provenait du Bois, mais la matière des jaunes avait le pouvoir d'attirer dans le Bois, comme si elle cherchait à retrouver son lieu d'origine. Au contraire, la matière des bagues vertes, qui semblait vouloir fuir son lieu d'origine, pouvait vous emporter hors du Bois dans un autre monde. L'oncle Andrew, voyez-vous, travaillait à partir d'éléments que lui-même ne dominait pas entièrement, comme la plupart des magiciens. Digory non plus ne maîtrisait pas complètement le phénomène – il lui fallut même un certain temps avant de le comprendre. Mais après en avoir reparlé avec Polly, ils décidèrent de réessayer la mare en mettant les bagues vertes, simplement pour voir ce qui se passait.

– Si tu y vas, j'y vais, dit Polly.

En son for intérieur, elle était persuadée que ni l'une ni l'autre des bagues n'aurait d'effet ; la seule chose qu'il fallait craindre était de nouvelles éclaboussures. Quant à Digory, je ne suis pas certain qu'il ne partageait pas entièrement son sentiment. Lorsqu'ils furent revenus au bord de l'eau avec la bague verte, ils étaient beaucoup plus détendus et moins solennels que la première fois.

– Un… Deux… Trois… Sautez ! lança Digory.

Et ils sautèrent.

CHAPITRE 4

La cloche et le marteau

Cette fois-ci, plus de doute, la magie avait opéré. Les deux amis furent précipités de plus en plus bas, d'abord à travers l'obscurité puis à travers une masse de formes floues et tourbillonnantes impossibles à identifier. L'atmosphère se fit plus légère, jusqu'à ce qu'ils sentent sous leurs pieds une surface solide. Tout devint plus net et ils purent regarder autour d'eux.

– Drôle d'endroit ! s'écria Digory.

– Je n'aime pas trop, répondit Polly, parcourue par une sorte de frisson.

La première chose qu'ils remarquèrent fut la lumière. Ce n'était ni la lumière du soleil, ni la lumière électrique, ni celle des lampes, ni celle des bougies, ni aucune lumière qui leur fût familière. C'était une lumière éteinte, plutôt rouge, qui n'avait rien de souriant, une lumière constante, qui ne vacillait pas. Ils étaient debout sur une surface plane, pavée, entourée de hauts édifices. Au-dessus d'eux, pas de toit, ils étaient dans une sorte de cour intérieure. Le ciel était extraordinairement sombre, bleuté, presque noir : à le voir on se demandait comment il pouvait y avoir la moindre luminosité.

– Il fait un drôle de temps, remarqua Digory. Je me demande si nous ne sommes pas tombés juste avant une tempête ou une éclipse.

– Je n'aime pas trop, répéta Polly.

Sans vraiment savoir pourquoi, ils parlaient à voix basse et, bien qu'il n'y eût plus aucune raison pour, ils ne se lâchaient pas la main.

La cour était entourée de très hauts murs percés de nombreuses fenêtres sans vitres qui ne laissaient entrevoir qu'une profonde obscurité. Plus loin se dressaient d'immenses arches qui formaient des trouées noires béantes, semblables à des bouches de tunnel de chemin de fer. Il faisait froid.

Tous les édifices semblaient bâtis dans la même pierre, une pierre très ancienne, rouge, quoique la couleur ne fût peut-être que l'effet de cette curieuse lumière. De nombreuses dalles dont la cour était pavée étaient largement fendues. Aucune n'était parfaitement ajustée et les coins étaient émoussés. L'un des porches était encombré de gravats.

Les deux enfants firent plusieurs fois le tour de la cour tout en tournant sur eux-mêmes. Ils avaient peur que quelqu'un – ou quelque chose – ne les guette de l'une des fenêtres pendant qu'ils avaient le dos tourné.

– Tu crois qu'il y a des gens qui vivent ici ? finit par demander Digory, toujours en chuchotant.

– Non, tout est en ruine.

51

– Nous n'avons pas entendu le moindre bruit.

– Ne bougeons plus et écoutons…

Ils tendirent l'oreille, immobiles : seul résonnait le battement de leur cœur. Un silence absolu régnait, comme dans le Bois-d'entre-les-Mondes. Mais ce n'était pas la même qualité de silence. Le silence du Bois était plein, chaud, vivant (on entendait presque les arbres pousser) ; celui-ci était un silence mort, froid, vide. Il était impossible d'imaginer que quelque chose pût y pousser.

– Rentrons, dit Polly.

– Mais nous n'avons encore rien vu, objecta Digory. Maintenant que nous sommes ici, ce serait trop bête de ne pas aller explorer les lieux.

– Je suis sûre qu'il n'y a rien à voir.

– Je ne vois pas l'intérêt d'avoir une bague magique qui te permet d'entrer dans de nouveaux mondes si tu as peur dc les explorer une fois que tu y es.

– Qui te dit que j'ai peur ? rétorqua Polly en lâchant la main de Digory.

– Ne te vexe pas, je croyais simplement que tu avais moins envie de partir à la découverte.

– J'irai partout où tu iras.

– Nous pouvons repartir quand nous voulons. Pour l'instant enlevons la bague verte et mettons-la dans la poche droite. Il suffit de se rappeler que la jaune se trouve dans la poche gauche. Tu peux laisser ta main effleurer ta poche aussi près que tu le veux du moment que tu ne la mets pas à l'intérieur, sinon tu risques de toucher la bague jaune et de disparaître.

C'est ce qu'ils firent, avant de se diriger doucement vers un des immenses porches. Arrivés sur le seuil, ils virent que l'intérieur n'était pas aussi noir qu'ils le pensaient. Le porche conduisait dans une vaste entrée sombre qui paraissait vide. Au fond, une rangée de piliers étaient reliés par des arches sous lesquelles pénétraient toujours les rayons de cette étrange lumière éteinte. Ils traversèrent la pièce en prenant soin de ne pas tomber dans un trou ni de trébucher sur quoi que ce soit, et la traversée leur parut interminable... Arrivés de l'autre côté, ils ressortirent en passant sous des arches et tombèrent dans une nouvelle cour, plus grande.

– Je ne me sens pas très rassurée, dit Polly en indiquant un endroit où le mur formait une saillie, prêt à s'écrouler dans la cour.

Il manquait un pilier entre deux arches, qui n'étaient plus reliées que par un morceau de pierre pendant dans le vide. Ça devait être un lieu abandonné depuis des centaines, voire des milliers d'années.

– Si tout a tenu jusqu'ici, ça devrait encore tenir un moment, la rassura Digory. Mais il faut faire très attention, parfois il suffit d'un bruit infime pour que tout s'écroule – comme les avalanches dans les Alpes.

Ils continuèrent à marcher, hors de la cour, sous un nouveau porche, montèrent une grande volée d'escalier, puis traversèrent une enfilade d'immenses pièces dont le seul volume donnait le vertige. De temps à autre ils avaient l'impression qu'ils allaient enfin se retrouver à l'air libre et découvrir le type de campagne qui entourait cet impressionnant palais. Mais chaque fois ils retombaient sur une nouvelle cour. L'ensemble devait être exceptionnel à l'époque où des gens y vivaient.

Dans l'une des cours se trouvait le vestige d'une fontaine. Un énorme monstre en pierre se dressait, les ailes déployées et la gueule grande ouverte, au

fond de laquelle on apercevait encore un morceau de tuyau noir. Sous la statue se trouvait une large vasque en pierre, entièrement à sec. Ailleurs subsistaient les tiges desséchées de plantes grimpantes mortes qui devaient s'enrouler autour des piliers et dont le poids avait dû en renverser certains. Pas de fourmis, ni d'araignées, ni aucun de ces êtres vivants qui vivent dans les ruines. Entre les dalles ne poussait ni herbe ni mousse.

Tout était si lugubre et si monotone que même Digory se dit qu'ils feraient mieux de mettre leur bague jaune pour retourner dans le Bois-d'entre-les-Mondes, si chaleureux, si vert, si vivant… quand soudain ils se heurtèrent à deux immenses portes d'un métal qui ressemblait à de l'or. L'une d'elles était entrouverte. Ils entrèrent. Immédiatement ils sursautèrent, stupéfaits : ils venaient enfin de voir quelque chose qui en valait la peine.

Un instant ils crurent que la pièce était pleine de gens, de centaines de personnes, toutes assises et parfaitement immobiles. Jusqu'au moment où ils comprirent que ce n'étaient pas des vraies personnes : pas le moindre mouvement ni le moindre souffle ne troublait cette assemblée qui semblait former le plus bel ensemble de statues de cire que l'on pût imaginer.

Cette fois-ci Polly prit les devants, car il y avait quelque chose dans cette salle qui l'intéressait particulièrement : les somptueux vêtements que portaient les personnages. Ils étaient couronnés et drapés de longues robes couvertes de différents motifs, de des-

sins de fleurs et d'étranges animaux brodés à la main, aux couleurs cramoisi, gris argenté, pourpre profond ou vert vif. Des pierres précieuses d'une taille et d'un éclat éblouissants ornaient les couronnes, formaient des pendentifs et saillaient çà et là, partout où ils portaient des bijoux.

Pour qui s'intéressait aux vêtements, il était difficile de résister à l'envie d'aller les admirer de plus près. La beauté des couleurs donnait à la salle un air, non pas de gaieté, mais de faste et de majesté, qui tranchait avec la poussière et le vide des pièces précédentes. Et la pièce, qui avait plus de fenêtres, était beaucoup plus lumineuse.

– Comment se fait-il que ces vêtements n'aient pas été détruits par le temps ? demanda Polly.

– La magie, murmura Digory, tu ne la sens pas ? Je parie que cette salle a été figée sur place par des sortilèges. Je l'ai senti à l'instant même où nous sommes entrés.

– La moindre de ces robes doit coûter une fortune.

Digory, lui, était plus intrigué par les visages des personnages qui, assis sur des fauteuils en pierre des deux côtés de la salle, formaient un ensemble impressionnant.

– C'étaient sûrement des gens bien, fit remarquer Digory en avançant dans l'allée centrale et observant les visages de chaque côté, tandis que Polly acquiesçait.

Les hommes et les femmes de cette extraordinaire assemblée dégageaient une expression de bonté et de sagesse, et tous semblaient descendre d'une lignée de gens particulièrement beaux. Un peu plus loin pourtant, les enfants découvrirent des visages dont l'expression était légèrement différente. Des visages solennels, qui, s'ils avaient été vivants, auraient certainement signifié qu'il valait mieux retourner sept fois sa langue dans sa bouche avant de s'adresser à eux. Ils firent encore quelques pas et, cette fois-ci, furent cernés de visages qu'ils n'aimaient plus du tout – c'était à peu près au milieu de la salle. Ils avaient l'air forts, fiers, heureux, mais cruels. Plus loin, ils avaient l'air encore un peu plus cruels. Et plus loin encore, toujours plus cruels, mais ils n'avaient plus l'air heureux. Ces visages donnaient une impression de désespoir, comme si les personnes auxquelles ils appartenaient avaient commis et subi des actes effroyables.

Le dernier personnage de la rangée était particulièrement remarquable : c'était une femme dont les atours étaient encore plus somptueux, elle était grande (mais tous les personnages dans cette salle étaient plus grands que dans notre monde) et avait une expression farouche et arrogante absolument saisissante. Elle était très belle. Des années plus tard, Digory avoua que jamais dans sa vie il n'avait rencontré de femme aussi belle. En revanche, il faut préciser que Polly dit toujours qu'elle ne voyait pas ce qu'elle avait de particulièrement beau...

Cette femme, je disais donc, était la dernière de la rangée, mais il y avait après elle de nombreux fauteuils vides, comme si la salle avait été conçue pour une série de personnages beaucoup plus nombreuse.

– Si seulement nous pouvions savoir ce que tout cela cache, murmura Digory. Revenons sur nos pas et allons regarder l'espèce de table au milieu.

En effet ce n'était pas exactement une table. C'était une colonne carrée d'un mètre cinquante environ de hauteur, sur laquelle s'élevait un petit arceau doré où était suspendue une petite cloche dorée. À côté était posé un petit marteau doré pour frapper sur la cloche.

– Je me demande... je me demande... réfléchissait Digory.

– J'ai l'impression qu'il y a quelque chose d'écrit en-dessous, dit Polly en se penchant pour regarder sur le côté du pilier.

– Oui! il y a quelque chose d'écrit! Mais je suis sûr qu'on ne pourra rien déchiffrer.

– Tu penses? Je n'en suis pas si sûre.

Tous deux examinèrent l'inscription avec la plus grande attention mais, bien entendu, les lettres gravées dans la pierre leur étaient étrangères. Un phénomène extraordinaire se produisit alors : tandis qu'ils observaient ces étranges lettres dont la forme ne s'altérait pas, ils découvrirent qu'ils pouvaient en comprendre le sens. Digory avait raison, c'était une salle enchantée, mais il l'avait oublié, sinon il aurait compris que le sortilège commençait à faire son effet. Il était trop emporté par son désir de comprendre ce qui était écrit pour y penser.

L'inscription disait à peu près ceci – du moins en est-ce le sens car la poésie du style était beaucoup plus frappante quand vous étiez sur place :

> *Choisis, intrépide étranger*
> *Frappe la cloche et brave le danger,*
> *Ou imagine jusqu'à en devenir fou*
> *Ce qu'il serait advenu si tu avais*
> *frappé un coup.*

– Jamais de la vie ! s'exclama Polly. Nous ne voulons braver aucun danger.

– Non, mais tu ne comprends pas le piège ? Nous ne pouvons plus y échapper. Nous nous demanderons toujours ce qu'il serait arrivé si nous avions frappé la cloche. Je n'ai aucune envie de rentrer et de devenir fou à force d'y penser. Jamais de la vie !

– Ne sois pas bête ! Pourquoi s'en faire ? Qu'importe ce qui aurait pu arriver ?

– Parce que quiconque est arrivé à ce point est condamné à s'interroger jusqu'à en perdre la raison. C'est le pouvoir de la magie, tu comprends. Je sens qu'il commence à agir sur moi.

– Pas sur moi en tout cas, dit Polly d'un ton vexé. Sur toi non plus, je ne te crois pas. Tu fais semblant.

– C'est tout ce que tu trouves à dire ? C'est parce que tu es une fille. Et tout ce que les filles savent faire, c'est débiner et mépriser les gens qui ont le goût du risque.

– Tu ne peux pas savoir à quel point tu ressembles à ton oncle quand tu parles comme ça.

– Tu pourrais éviter de changer de sujet ? Nous étions en train de discuter de…

– Ah ! tu parles exactement comme un homme ! s'écria Polly avec une voix d'adulte, avant d'ajouter immédiatement de sa vraie voix : Et ne me dis pas que c'est typiquement féminin, espèce de copieur.

– Rassure-toi, jamais je ne dirai d'une gamine comme toi qu'elle a un comportement typiquement féminin, répliqua Digory d'un ton hautain.

– Ah oui, c'est ça, moi, une gamine ? répondit Polly, hors d'elle. Puisque c'est comme ça, ne t'inquiète pas, tu n'auras plus à te faire de souci pour la gamine en question… je pars. J'en ai assez de cet endroit. Et j'en ai assez de toi, espèce de gros porc borné et coincé !

– C'est ça ! répondit-il avec une voix encore plus mauvaise qu'il n'en avait l'intention, car il venait de voir la main de Polly glisser vers sa poche gauche pour prendre la bague jaune.

Ce qu'il fit alors n'est excusable que si l'on précise qu'il le regretta profondément par la suite (il ne fut d'ailleurs pas le seul). Il saisit violemment le poignet de Polly et se plaqua contre elle, le dos contre sa poitrine. Après avoir neutralisé son autre bras avec son coude, il se pencha, ramassa le marteau et donna un coup sec sur la petite cloche dorée. Puis il la relâcha et tous deux tombèrent en échangeant un regard perplexe, hors d'haleine. Polly était sur le point d'éclater en sanglots, non pas de peur, ni même parce que Digory lui avait meurtri le poignet, mais parce qu'elle était dans une colère noire. Heureusement, deux secondes après leur attention fut détournée par un nouveau phénomène.

La clochette émit une longue note, très douce, comme en sourdine, qui, au lieu de s'évanouir, se maintenait, se maintenait et amplifiait. Une minute à peine plus tard, elle était déjà deux fois plus forte qu'au début, puis tellement forte que si les enfants avaient essayé de parler (à vrai dire ils ne songeaient plus à parler, ils étaient tétanisés) ils auraient été incapables de s'entendre. Bientôt, la note était si puissante qu'elle aurait couvert des hurlements. Le volume augmentait toujours, mais c'était la même note, douce et continue, dont la douceur même contenait quelque chose de terrifiant, jusqu'au moment où toute l'atmosphère de la pièce se mit à frémir, et les deux enfants sentirent le sol trembler sous leurs pieds. À cette note commença à se mêler un autre son, plus vague, inquiétant, qui ressemblait au roulement lointain d'un train pour finir en un craquement d'arbre qui tombe. On aurait dit d'énormes poids qui s'écroulaient. Enfin, au milieu d'un éclat de tonnerre fracassant et d'une secousse qui faillit les renverser, près d'un quart du toit s'écroula, d'immenses blocs de maçonnerie s'effondrèrent et les murs se mirent à trembler. Le son de la cloche s'arrêta. Les nuages de poussière se dissipèrent. Tout redevint calme.

L'on ne sut jamais si la chute du toit était due à la magie ou si le volume de la note émise par la cloche avait atteint une puissance telle qu'elle avait abattu les murs déjà chancelants.

– Voilà ! J'espère que tu es content maintenant, souffla Polly.

– De toute façon tout est fini.

Tous deux pensaient en effet que c'était fini. Jamais ils ne s'étaient autant trompés.

CHAPITRE 5

Le mot déplorable

Polly et Digory étaient face à face de part et d'autre de la colonne où était suspendue la cloche qui n'émettait plus aucun son. Ils tremblaient encore quand ils entendirent un léger bruissement du côté de la salle resté intact. Ils se retournèrent : l'un des personnages drapés, cette femme assise à l'extrémité de la rangée que Digory trouvait si belle, était en train de se lever de son fauteuil. Debout, elle était encore plus grande que ce qu'ils imaginaient, et tout chez elle, non seulement sa robe et sa couronne, mais l'éclat de son regard et la courbe de ses lèvres, disait que c'était une grande reine. Elle jeta un regard autour de la salle, elle vit les dégâts, elle vit les enfants, mais rien dans son expression ne permettait de savoir ce qu'elle en pensait, ni si elle était surprise. Elle s'avança d'un long pas, ample et souple, et demanda :

– Qui m'a réveillée ? Qui donc a brisé le sortilège ?

– Je crois que c'est moi, répondit Digory.

– Toi ! s'écria la Reine en posant sa main sur son épaule – une main blanche, magnifique, dont Digory

64

sentit la poigne, aussi ferme qu'une paire de tenailles en acier. Toi ? Mais tu n'es qu'un enfant, un vulgaire enfant. Un seul regard suffit pour voir que tu n'as pas la moindre goutte de sang royal ni de sang noble. Comment as-tu osé pénétrer dans ce palais ?

– Nous venons d'un autre monde, nous sommes arrivés ici grâce à la magie, répondit Polly, convaincue qu'il était grand temps que la Reine la remarque elle aussi.

– Est-ce bien vrai ? demanda la Reine, le regard toujours fixé sur Digory, sans accorder même un coup d'œil à Polly.

– Oui, c'est vrai, dit-il.

La Reine avança son autre main près du visage de Digory et souleva son menton pour l'examiner. Digory essaya de soutenir son regard mais il fut contraint de baisser les yeux : quelque chose en elle le subjuguait. Après l'avoir dévisagé attentivement, la Reine lâcha son menton en disant :

– Tu n'as rien d'un magicien. Tu ne portes pas la Marque. J'imagine que tu es au service d'un magicien dont la magie t'a permis d'arriver jusqu'ici.

– Oui, mon oncle Andrew.

À cet instant, non pas à l'intérieur de la salle mais à l'extérieur, tout près, l'on entendit un grondement, un déchirement, puis le violent fracas d'une chute de pierres, et le sol se mit à trembler.

– Nous sommes en danger, dit la Reine, tout le palais est en train de s'effondrer. Nous avons quelques minutes pour nous enfuir avant d'être ensevelis sous les décombres.

Son ton était aussi posé que si elle indiquait l'heure.

– Venez, ajouta-t-elle en proposant sa main à chacun des enfants.

Polly, qui éprouvait une profonde aversion pour cette Reine et se sentait d'humeur plutôt boudeuse, n'aurait jamais accepté si elle avait pu. Mais la Reine, en dépit de ce ton posé, avait des gestes impérieux et vifs comme l'éclair. Instantanément, Polly sentit sa main gauche saisie par une main énorme, avec une poigne irrésistible.

« Elle est redoutable, pensait Polly, d'une telle force qu'elle pourrait me casser le bras en un seul tour de

main. Elle m'a pris la main gauche, je ne peux plus atteindre ma bague jaune. Je pourrais étendre la main droite jusqu'à la poche gauche mais elle risque de le voir et de me demander ce que je suis en train de faire. Or quoiqu'il advienne, il ne faut absolument pas qu'elle soit au courant pour les bagues. Pourvu que Digory ait l'intelligence de se taire. Si seulement je pouvais lui dire un mot en tête-à-tête… »

La Reine les conduisit hors de la salle des personnages dans un long couloir, puis à travers un labyrinthe de pièces, d'escaliers et de cours. Régulièrement, ils entendaient des morceaux de palais s'écrouler. Ils faillirent même être écrasés par une immense arche qui s'effondra juste après leur passage. La Reine marchait vite, les enfants étaient obligés de trotter derrière elle pour suivre le rythme. Elle ne trahissait pas le moindre signe de crainte. « Quel courage exceptionnel ! Et quelle force ! pensait Digory. C'est vraiment ce que j'appelle une Reine ! J'espère qu'elle nous racontera l'histoire de ce lieu. »

De fait, elle leur raconta quelques bribes de cette histoire tout en avançant.

« Ceci est la porte qui mène aux donjons », disait-elle, ou : « Ce passage conduit aux principales chambres de torture », ou encore : « Ceci est l'ancienne salle de banquet dans laquelle mon arrière-grand-père convia à un festin sept cents nobles avant de les assassiner avant même qu'ils aient pu boire tout leur content. Ils étaient coupables d'idées de rébellion. »

Enfin, ils arrivèrent dans une salle plus large et plus élevée que toutes celles qu'ils avaient traversées. D'après les proportions et la présence de portes immenses, Digory en déduisit qu'ils devaient avoir atteint l'entrée principale. En un sens, il avait raison.

Les portes, noires comme du jais, devaient être en ébène ou en métal, un métal noir, inconnu dans notre monde. Elles étaient fermées par de larges barres transversales qui avaient l'air beaucoup trop hautes à atteindre et trop lourdes à soulever. Digory se demandait comment ils allaient sortir quand la Reine lui lâcha la main et leva le bras. Elle se redressa, se raidit, et du haut

de sa stature prononça d'incompréhensibles paroles (qui avaient un accent terrifiant) en frappant violemment dans le vide. À cet instant, les portes se mirent à trembler comme du papier de soie et s'effondrèrent brutalement, ne laissant qu'une trace de poussière sur le seuil.

– Ouah ! s'écria Digory.

– Ton maître magicien, ton oncle, a-t-il autant de pouvoir que moi ? demanda la Reine en reprenant fermement sa main. Enfin, j'aurai certainement l'occasion de le savoir. Entre-temps, rappelle-toi ce que tu viens de voir. C'est ce qui arrive aux objets et aux gens qui s'opposent à moi.

Une lumière beaucoup plus forte inonda la grande entrée vide, et ils ne furent nullement surpris de se retrouver au grand air. Un vent froid, qui avait quelque chose de rance, soufflait contre leur visage. Ils étaient sur une terrasse qui surplombait un vaste paysage se déployant à perte de vue.

Au fond, au-dessus de la ligne d'horizon, était suspendu un grand soleil rouge, beaucoup plus grand que le nôtre. Digory sentit tout de suite qu'il était aussi beaucoup plus ancien : c'était un soleil qui devait approcher la fin de sa vie car il semblait épuisé d'avoir à se pencher sur ce monde. À gauche, nettement plus haut, brillait une étoile solitaire, immense. Seuls apparaissaient ces deux éléments qui, au milieu d'un ciel sombre, formaient un tableau lugubre. Sur la terre, dans toutes les directions, s'étendait une vaste cité où l'on ne distinguait pas le moindre être vivant. Les temples, les tours, les palais, les pyramides, les ponts, tous projetaient de longues ombres inquiétantes sous la lumière de ce soleil usé. Un large sillon couvert d'un dépôt grisâtre indiquait la présence d'un fleuve qui devait irriguer la cité.

– Admirez ce paysage que nul ne reverra jamais, dit la Reine. Telle était Charn, la grande cité, la cité du Roi des Rois, merveille du monde et de tous les mondes. Ton oncle règne-t-il sur une cité de cette envergure, mon garçon ?

– Non, répondit Digory qui s'apprêtait à expliquer que son oncle ne régnait sur aucune ville, avant d'être interrompu par la Reine.

– Aujourd'hui tout est silencieux. Mais j'ai régné ici à une époque où l'atmosphère tout entière vibrait de la rumeur et l'activité de la cité : les pas résonnaient, les roues crissaient, les fouets claquaient, les esclaves gémissaient, les chariots tonnaient et les tambours sacrificiels battaient dans les temples. J'ai régné à Charn – mais c'était à la fin – à une époque où retentissait le grondement de batailles qui noyaient le fleuve dans le sang.

Elle fit une pause avant d'ajouter :

– En un instant, une seule femme a tout effacé.

– Qui ? demanda timidement Digory, qui en fait avait deviné.

– Moi, répondit la Reine. Moi, Jadis, ultime Reine, mais Reine du Monde.

Les deux enfants, muets, tremblaient dans le vent glacial.

– C'était la faute de ma sœur, poursuivit la Reine. C'est elle qui m'y a poussée. Que la malédiction suprême demeure sur elle à jamais. J'étais prête à faire la paix, oui, prête à épargner sa vie, si seulement elle m'avait cédé le trône. Mais elle refusait. Et son orgueil a détruit le monde entier. Au début de la guerre, l'engagement de ne pas recourir à la Magie était encore respecté. Mais le jour où elle a rompu cet engagement, que pouvais-je faire ? Quelle imbécile ! Comme si elle ne savait pas que j'avais plus de pouvoir qu'elle. Elle savait même que je détenais le secret du Mot Déplorable. Comment pouvait-elle croire, elle qui fut toujours si faible, que je n'userais pas de mon pouvoir ?

– De quel pouvoir ? demanda Digory.

– Le secret des secrets. Les grands rois de notre race savaient depuis toujours qu'il existait un mot qui, s'il était prononcé au cours de cérémonies choisies, détruirait tout être vivant, excepté celui qui l'avait prononcé. Hélas, ces anciens rois étaient faibles, ils avaient le cœur tendre, ils s'étaient donc engagés entre eux et au nom de tous leurs descendants et successeurs, suivant des jugements solennels, à ne jamais chercher à connaître ce mot. Mais moi, j'ai découvert ce mot dans un lieu secret, à un prix terrible. Je ne l'avais jamais utilisé, jusqu'au jour où ma sœur m'a contrainte à le faire. Je me suis battue pour la vaincre par tous les autres moyens. Le sang de mes armées a coulé comme l'eau…

– Quel monstre ! murmura Polly.

– La dernière grande bataille a duré plus de trois jours, dans l'enceinte de Charn. Trois jours pendant lesquels j'ai suivi les opérations du haut de cette même terrasse. Mais quand j'ai vu le dernier de mes soldats s'écrouler et que j'ai entendu cette femme maudite, ma sœur, à la tête de ses sujets rebelles à mi-chemin dans le grand escalier qui monte ici, j'ai attendu que nous soyons face à face avant d'user de mon pouvoir. Elle a dardé sur moi son regard maléfique en s'écriant : « Victoire ! » « Oui, ai-je répondu, victoire, mais victoire à moi. » C'est alors que j'ai prononcé le Mot Déplorable. Un éclair et j'étais le seul être vivant sous le soleil.

– Et les gens ? demanda Digory, bouche bée.

– Comment cela, les gens ?

– Les gens normaux, dit Polly, ceux qui ne vous avaient fait aucun mal. Et les femmes, les enfants, les animaux ?

– Vous ne comprenez donc pas ? demanda la Reine en s'adressant à Digory. C'était moi la Reine. Ces gens étaient mon peuple. Leur seule raison d'être était d'accomplir ma volonté.

– En tout cas, ils n'ont vraiment pas eu de chance, dit-il.

– Ah oui, c'est vrai ! J'avais oublié que tu n'es qu'un vulgaire enfant. Comment pourrais-tu comprendre l'idée de raison d'État ? Il faudrait que tu apprennes, mon cher, que ce qui ferait du tort à toi ou à quiconque parmi le *vulgum pecus* ne fait pas de tort à une reine comme moi. Le poids du monde repose sur nos épaules. Nous devons nous affranchir de toutes les règles. Nous sommes promis à une destinée exceptionnelle et solitaire.

Digory se rappela soudain que son oncle Andrew avait utilisé exactement les mêmes termes. Mais dans la bouche de la reine Jadis, ces paroles prenaient une dimension beaucoup plus impressionnante, car l'oncle Andrew ne mesurait pas plus de deux mètres et n'avait pas cette beauté stupéfiante.

– Alors qu'avez-vous fait ? demanda-t-il.

– J'avais déjà jeté de puissants sortilèges dans la salle où siègent les figures de mes ancêtres, des sortilèges si puissants que j'étais moi-même condamnée à sommeiller parmi eux, sans avoir besoin de nourriture ni de feu, cela dût-il durer plus de mille ans, jusqu'au jour où quelqu'un viendrait frapper la cloche et me réveillerait.

– Est-ce le Mot Déplorable qui a mis le soleil dans cet état ? demanda Digory.

– Dans quel état ?

– Aussi large, aussi rouge, et aussi froid.

– Non, il a toujours été ainsi. Depuis des centaines de milliers d'années tout au moins. Avez-vous une différente espèce de soleil dans votre monde ?

– Oui, il est plus modeste et plus jaune. Et il dégage beaucoup plus de chaleur.

La Reine émit un long « A-a-ah ! » très appuyé et Digory surprit sur son visage ce même regard assoiffé et avide qu'il avait aperçu sur le visage de l'oncle Andrew.

– Si je comprends bien, vous venez donc d'un monde plus jeune, dit-elle.

Elle fit une pause et jeta un nouveau regard sur la cité déserte. Regrettait-elle tout le mal qu'elle avait fait ? En tout cas, elle n'en laissait rien paraître.

– À présent, allons-y, dit-elle. Il finit par faire froid au bout d'une si longue succession de siècles.

– Où allons-nous ? demandèrent les deux enfants.

– Où ? répéta Jadis, surprise. Dans votre monde, bien sûr.

Polly et Digory échangèrent un regard, interloqués. Polly se méfiait de la Reine depuis le début ; quant à Digory, après l'avoir entendue raconter son histoire, il estimait qu'il l'avait bien assez vue. Il faut dire que ce n'était pas le style de personne que l'on a envie de ramener chez soi. D'ailleurs nos deux amis ne savaient absolument pas comment ils auraient fait. Ils ne souhaitaient qu'une chose, repartir sans elle, mais Polly ne pouvait pas atteindre sa bague et Digory ne pouvait pas repartir sans Polly.

– Euh… euh…, répondit-il soudain en rougissant, notre monde. J… je ne savais pas que vous souhaitiez vous y rendre.

– Pourquoi pensez-vous que vous avez été envoyés ici, si ce n'est pour venir me chercher ?

– Je suis sûr que vous n'aimerez pas, dit-il. Ce n'est pas du tout votre genre, n'est-ce pas, Polly ? C'est un monde très ennuyeux. Non, vraiment, ça ne vaut pas la peine.

– Cela en vaudra bientôt la peine lorsque je l'aurai ordonné, rétorqua la Reine.

– C'est impossible, insista Digory. Ça ne marche pas comme ça. On ne vous laisserait pas entrer, vous savez.

– Nombre de grands rois ont cru qu'ils pouvaient s'opposer à la Maison de Charn. Hélas, ils ont tous échoué et même leur nom a sombré dans l'oubli. Quel petit sot tu fais ! Sache que moi, avec ma beauté et ma Magie, j'aurai tout ton monde à mes pieds en moins d'un an. Prépare tes formules incantatoires et emmène-moi immédiatement.

– C'est épouvantable, murmura Digory à l'oreille de Polly.

– Tu te fais peut-être du souci pour ton oncle, reprit la Reine. N'aie crainte, s'il me rend honneur comme il se doit, il conservera sa vie et son trône. Je n'ai pas l'intention de me battre contre lui. S'il a réussi à trouver le moyen de vous envoyer jusqu'ici, je suppose que c'est un grand magicien. Est-ce qu'il règne sur tout votre monde ou sur une partie seulement ?

– Il ne règne sur rien.

– Tu mens, s'écria Jadis. La Magie est une affaire de sang royal. A-t-on jamais vu des personnes ordinaires magiciennes ? Fais attention, car je peux voir en toi si tu dis la vérité ou non lorsque tu parles. Je sais que ton Oncle est le grand Enchanteur et le grand Roi de ton monde. Son art lui a permis de voir l'ombre de mon visage se refléter dans un miroir magique ou dans une mare enchantée ; ainsi, subjugué par ma beauté, il a créé un sortilège assez puissant pour renverser votre monde jusque dans ses fondations et vous envoyer au-delà du golfe qui sépare les mondes afin que je lui fasse grâce de ma venue. Répondez-moi : n'est-ce pas ainsi que tout s'est passé ?

– Pas exactement, non, répondit Digory.

– Pas exactement, répéta Polly plus fort. De toute façon, votre histoire ne tient absolument pas debout !

– Petits vauriens ! hurla la Reine en se retournant, furieuse, vers Polly dont elle attrapa les cheveux au sommet du crâne, juste là où c'est le plus douloureux. Hélas, en faisant ce geste elle lâcha la main des deux enfants.

– Vite ! hurla Digory.

– Filons ! reprit Polly.

Tous deux plongèrent la main gauche dans leur poche. À l'instant même, cet univers moribond disparut de leur vue et ils se sentirent précipités vers le haut tandis qu'une douce lumière verte venait les envelopper.

CHAPITRE 6

Le début des mésaventures de l'oncle Andrew

– Lâche-moi, lâche-moi ! hurlait Polly.

– Mais je ne te touche pas ! répondit Digory.

Soudain leur tête émergea hors de la mare, et ils se sentirent enveloppés par la luminosité apaisante du Bois-d'entre-les-Mondes, plus intense, plus chaleureuse et plus rassurante que jamais après le monde de décrépitude et de ruines auquel ils venaient d'échapper. Je pense même que, s'ils avaient pu, ils auraient préféré oublier qui ils étaient et d'où ils venaient pour s'allonger dans l'herbe et écouter les arbres pousser, à moitié endormis.

Hélas, une surprise inattendue les maintint en éveil : à peine avaient-ils posé le pied sur l'herbe qu'ils découvrirent qu'ils n'étaient pas seuls. La reine, ou la sorcière – peu importe le nom que vous préférez lui donner – s'était transportée avec eux en s'accrochant aux cheveux de Polly. C'est pourquoi Polly hurlait : « Lâche-moi ! »

Ce qui prouvait autre chose à propos des bagues, que l'oncle Andrew ignorait lui-même : pour sauter d'un monde à l'autre il n'était pas nécessaire d'en porter ni d'en toucher une soi-même, il suffisait de toucher quelqu'un qui en touche une. Les bagues agissaient comme un aimant, et tout le monde sait que, si l'on attrape une aiguille avec un aimant, toute autre aiguille en contact avec la première sera également attirée.

Néanmoins, au milieu du Bois, la reine Jadis avait un tout autre aspect. Elle était beaucoup plus pâle, si pâle qu'elle avait perdu toute trace de beauté. Elle était voûtée et avait du mal à respirer, comme si l'atmosphère l'étouffait. Les enfants n'avaient plus la moindre peur d'elle.

– Lâchez-moi ! Lâchez-moi les cheveux ! hurla Polly. Qu'est-ce que vous me voulez ?

– Oui ! Lâchez-lui les cheveux immédiatement ! s'écria Digory.

Tous deux se retournèrent pour se débattre et se dégagèrent en quelques secondes. La sorcière chancela, essoufflée, une expression de profonde terreur dans le regard.

– Vite, Digory ! cria Polly. Changeons de bague et sautons dans la mare du retour.

– Au secours ! Au secours ! Ayez pitié de moi ! gémissait la sorcière d'une voix affaiblie en titubant derrière eux. Emmenez-moi avec vous. Vous ne pouvez pas m'abandonner dans cet épouvantable endroit. Je suis en train de mourir.

– Raison d'État, répondit Polly avec morgue. Comme lorsque vous avez tué votre peuple. Allez, dépêche-toi, Digory.

– Attends ! Que faut-il faire ? répondit Digory qui ne pouvait s'empêcher d'avoir pitié de la reine, alors qu'ils avaient déjà mis la bague verte.

– Oh ! je t'en prie, ne sois pas si bête. Je parie qu'elle fait semblant. Allez, viens.

Et les deux enfants bondirent dans la mare du retour. « Heureusement que nous avons fait cette marque au sol », songea Polly.

Ils étaient en train de sauter quand Digory sentit son oreille pincée par deux gros doigts glacés, un pouce et un index. Ils continuaient à plonger, les formes indéfinies de notre monde commençaient à apparaître, mais il sentait les deux doigts se resserrer de plus en plus violemment. Il avait beau se débattre et donner des coups de pied, cela n'y faisait rien.

Quelques instants plus tard, ils atterrissaient dans l'étude de l'oncle Andrew qui se tenait face à eux en personne, les yeux écarquillés devant la merveilleuse créature que Digory avait ramenée de l'au-delà.

Il y avait en effet toutes les raisons d'être abasourdi. Remise de son moment de faiblesse et entourée par les objets ordinaires de notre monde, la sorcière formait un spectacle saisissant. À Charn, elle était déjà assez inquiétante, à Londres, elle était terrifiante. Digory ne s'était jamais rendu compte à quel point elle était grande. « À peine humaine », songeait-il en l'observant – il avait raison car certains rapportent que du sang de géant coule dans les veines de la famille royale de Charn. Et encore, sa taille n'était rien à côté de sa beauté et de son expression farouche et indomptable. Elle avait l'air dix fois plus vivante que les gens que l'on croise tous les jours à Londres.

Face à elle, l'oncle Andrew ressemblait à une pauvre petite crevette qui s'inclinait et se frottait les mains, l'air paralysé. En même temps, comme Polly l'expliqua plus tard, il y avait une certaine ressemblance entre eux, quelque chose qui émanait de l'expression du visage. C'était l'expression qu'ont tous les magiciens maléfiques, cette « Marque » que Jadis n'arrivait pas à distinguer sur le visage de Digory. Heureusement, il y avait un avantage à les voir

ensemble : à côté de la sorcière, l'oncle Andrew ne vous faisait pas plus peur qu'un ver de terre à côté d'un serpent à sonnettes ou une vache à côté d'un taureau fou.

– Pouah ! pensait Digory. Lui, magicien ! Tu parles ! Elle, au moins, c'est une vraie !

L'oncle Andrew ne cessait de se frotter les mains en s'inclinant. Il essayait de dire quelque chose de poli mais il avait la bouche tellement sèche qu'il ne pouvait prononcer le moindre mot. Son « expérience » avec les bagues, comme il disait, était un succès qui dépassait tous ses espoirs. Car il avait beau traficoter avec la Magie depuis de nombreuses années, il avait toujours laissé les autres prendre les risques (dans la mesure du possible), et lui-même n'avait jamais vécu d'expérience exceptionnelle.

Enfin Jadis se mit à parler, non pas très fort, mais avec une inflexion dans la voix qui fit trembler toute la pièce.

– Où se trouve le magicien qui m'a fait venir dans ce monde ?

– Euh... euh... chère madame, bégayait l'oncle Andrew, je suis extrêmement honoré... hautement reconnaissant... un plaisir que je n'attendais pas... si seulement j'avais pu préparer... je... je...

– Où est le magicien, idiot ?

– Je... je... madame, j'espère que vous voudrez bien m'excuser... euh... les libertés que ces enfants mal élevés ont sans doute osé prendre. Soyez-en certaine, je n'avais nullement l'intention de...

– Vous ? s'exclama la reine avec un accent plus terrifiant encore.

Elle traversa la pièce d'une seule enjambée, saisit une énorme poignée de cheveux gris de l'oncle Andrew et releva violemment sa tête afin de scruter son visage les yeux dans les yeux. Elle l'examina comme elle avait examiné Digory dans le palais de Charn. L'oncle Andrew ne cessait de cligner des yeux et de se passer la langue sur les lèvres nerveusement. Enfin elle le lâcha et il chancela brutalement contre le mur.

– Je vois, conclut-elle avec mépris, vous êtes magicien… en quelque sorte. Relevez-vous, chien, et ne vous étalez pas comme si vous étiez face à des égaux. Comment se fait-il que vous connaissiez l'art de la magie ? Vous n'avez pas une goutte de sang royal, je le jurerais.

– Eh bien… disons… peut-être pas au sens strict, madame, balbutiait l'oncle Andrew. Pas exactement royal, mais les Ketterley sont une très vieille famille, une vieille famille du Dorsetshire, madame.

– La paix ! ordonna la sorcière. J'ai compris, tu fais partie de ces magiciens à la petite semaine qui travaillent à base de livres et de modes d'emploi. Aucune magie véritable ne coule dans tes veines ni dans ton cœur. Dans le monde d'où je viens, nous avons mis fin à ton espèce il y a un millier d'années. Exceptionnellement, ici, je t'autoriserai à être mon serviteur.

– Ce serait avec joie…, un immense plaisir de vous servir… enchanté, soyez-en certaine.

– La paix ! Vous parlez beaucoup trop. Écoutez-moi, voici votre première tâche. Je vois que nous sommes dans une grande ville. Procurez-moi immédiatement un char, ou un tapis volant, ou un dragon bien entraîné, enfin n'importe quoi dont usent les personnes de rang royal ou de rang noble dans votre pays. Puis emmenez-moi dans un endroit où je pourrai me procurer des vêtements, des bijoux et des esclaves dignes de mon rang. Dès demain je pars à la conquête du monde.

– Je... je... je commande un
fiacre sur-le-champ, haleta
l'oncle Andrew.

– Arrêtez immédiatement,
interrompit la sorcière à
l'instant où il ouvrait la
porte. Ne songez pas à
tenter la moindre trahi-
son. J'ai le pouvoir de
lire à travers l'esprit des
hommes et de voir à tra-
vers les murs. Au moindre
signe de désobéissance, je
jetterai sur vous de tels
sortilèges que vous ne
pourrez plus vous asseoir
sur un siège sans qu'il

vous brûle comme du fer rouge, ni vous allonger sur un
lit sans qu'il y ait des blocs de glace invisibles à vos
pieds. À présent, sortez.

Le vieil homme s'en alla tel un vieux chien battu.

Seuls face à elle, les enfants craignaient que Jadis
n'ait quelque chose à redire à propos de ce qui s'était
passé dans le Bois. Heureusement, elle ne mentionna
jamais cet épisode, ni sur le moment, ni plus tard. Je
pense (comme Digory) que c'est parce qu'elle avait
une forme d'esprit profondément étrangère à la douceur de ce lieu. Elle aurait pu y retourner aussi souvent
et y rester aussi longtemps que possible, elle n'en
aurait jamais rien retenu. En outre, elle ne faisait plus

attention ni à Digory ni à Polly, ce qui était aussi révélateur. À Charn elle n'avait pas daigné accorder le moindre regard à Polly (jusqu'à la fin) parce qu'elle avait besoin de Digory. Et maintenant qu'elle pouvait disposer de l'oncle Andrew, elle ne faisait plus attention à Digory. J'imagine que la majorité des sorcières se comportent ainsi, elles ont l'esprit épouvantablement pragmatique. Elles ne s'intéressent aux personnes et aux objets que s'ils peuvent les servir.

Il y eut alors quelques minutes de silence dans le bureau. Mais il était clair, d'après la façon dont Jadis tapotait du pied par terre, qu'elle était de plus en plus impatiente.

Soudain elle dit, comme si elle s'adressait à elle-même :

– Mais que fait ce vieil imbécile ? J'aurais dû apporter mon fouet.

Sur ce, elle se précipita à la recherche de l'oncle Andrew et disparut sans accorder même un regard aux enfants.

– Ouf ! s'exclama Polly, soulagée. Bon, maintenant il faut que je rentre à la maison. Il est horriblement tard. Qu'est-ce que je vais prendre !

– D'accord, vas-y, mais reviens le plus vite possible. Je suis paniqué de savoir qu'elle est ici. Il faut que nous nous organisions pour prévenir le danger.

– Tout dépend de ton oncle. C'est lui qui a commencé à fricoter avec ces expériences de magie.

– Mais quand même, tu reviendras, non ? Tu ne peux pas me laisser tout seul dans un pétrin pareil.

– Je rentre à la maison par le tunnel, répondit Polly sur un ton assez froid. C'est le moyen le plus rapide. Par ailleurs, si tu veux que je revienne, tu ne crois pas que tu aurais intérêt à me présenter des excuses ?

– Des excuses ? s'exclama Digory. Alors ça, c'est bien un truc de fille ! Tu peux me dire ce que j'ai fait ?

– Oh, rien, bien entendu, répondit Polly d'un ton sarcastique. Simplement tu as failli m'arracher le poignet devant la salle des personnages en cire, comme un parfait imbécile, et en plus, lâche. Ensuite tu as frappé sur la cloche avec le marteau comme un parfait crétin. Et tu t'es débrouillé pour revenir dans le Bois de façon à ce qu'elle puisse s'accrocher à nous. C'est tout…

– Ah ! s'écria Digory, interloqué. Bon, d'accord, j'admets, je suis désolé. Je suis vraiment désolé de ce qui s'est passé devant la salle des personnages. Ça te va ? J'ai dit que j'étais désolé. Maintenant, sois gentille, promets-moi de revenir. Sinon ça va être un cauchemar.

– Je ne vois pas du tout ce que tu as à craindre. Qui risque de s'asseoir sur un fauteuil chauffé à blanc et d'avoir de la glace sous son lit, c'est M. Ketterley que je sache, non ?

– Je ne parle pas de ça, reprit Digory. Ce qui m'inquiète, c'est maman. Imagine, si cette créature entre dans sa chambre. Elle risque de mourir de peur.

– Ah ! je comprends, dit Polly, changeant soudain de ton. D'accord. On fait la paix. Je reviendrai… dès que je pourrai. Maintenant il faut que j'y aille.

Sur ces mots, elle fila dans le tunnel à travers la petite porte. Et ce sombre corridor qui lui paraissait si excitant et si périlleux quelques heures auparavant, lui parut tout à coup banal… et rassurant.

À présent il est temps d'en revenir à l'oncle Andrew, dont le pauvre petit cœur battait si fort tandis qu'il descendait les escaliers en trottinant et s'essuyant fébrilement le front avec son mouchoir.

Il arriva dans sa chambre, s'enferma à clef et, fébrilement, alla prendre dans sa penderie la bouteille et le verre qu'il cachait. Il se servit un bon verre de cette épouvantable boisson d'adulte et le but cul sec. Puis il prit une profonde respiration.

« Grand Dieu, se dit-il, je suis absolument bouleversé. Quel choc ! À mon âge ! »

Il se versa un second verre qu'il but également cul sec, puis il commença à se changer.

Vous n'avez sûrement pas connu ce style de vêtements mais je vais vous les décrire, je m'en souviens bien. L'oncle Andrew mit d'abord l'un de ces cols dits anglais, empesés, hauts et brillants, qui donnent l'impression d'être faits pour soutenir le menton. Puis il revêtit un gilet blanc orné d'un large motif et mit en évidence la chaîne en or de sa montre de gousset sur le plastron. Il choisit sa redingote la plus chic, celle qu'il réservait pour les mariages et les enterrements. Il sortit son plus beau haut-de-forme qu'il épousseta. Il y avait un vase de fleurs (posé là par la tante Letty) sur sa coiffeuse : il en prit une qu'il mit à sa boutonnière. Il sortit un mouchoir propre (un mouchoir ravissant, tel qu'on n'en trouve plus aujourd'hui) du petit tiroir de gauche sur lequel il versa quelques gouttes d'eau de toilette. Il prit son lorgnon, noué à un épais ruban noir, et l'installa solidement sur son nez. Enfin, il alla se regarder dans le miroir.

Les enfants font preuve d'un certain type de sottise, vous le savez bien ; les adultes, eux, font preuve d'un autre type de sottise, qui était exactement celle dont faisait preuve l'oncle Andrew à cet instant. Comme la sorcière n'était plus là, il oubliait qu'il avait été terrorisé par elle et se prenait à rêver à sa beauté. Il ne cessait de se faire la réflexion : « Une sacrée belle femme, mon bon monsieur, une sacrée belle femme. Je dirais même plus, une créature sublime. » Il avait même oublié que c'étaient les enfants qui avaient ramené cette « créature sublime ». Il était persuadé que c'était lui qui, grâce à sa magie, l'avait fait venir du fond de mondes inconnus.

– Andrew, mon grand, parlait-il tout seul en se contemplant dans la glace, tu sais que tu es sacrément bien conservé pour quelqu'un de ton âge. Tout à fait distingué, cher monsieur…

Comme vous le voyez, ce vieux sot commençait même à s'imaginer que la sorcière pouvait tomber amoureuse de lui. Les deux verres qu'il venait de boire n'y étaient sans doute pas pour rien, ni ses beaux vêtements. Quoi qu'il en soit, il était plus vaniteux qu'un paon, c'est d'ailleurs la raison pour laquelle il était devenu magicien.

Il ouvrit la porte, descendit, envoya la servante chercher un fiacre (tout le monde avait des domestiques à
l'époque) et jeta un regard dans le salon. Et là, comme
prévu, il tomba sur la tante Letty, agenouillée sur un
vieux matelas posé par terre qu'elle raccommodait.

– Oh ! ma chère Laetitia, dit l'oncle Andrew, il…
euh… il faut que je sorte. Prête-moi juste environ cinq
livres, hein, ma petite biche ? (C'est ainsi qu'il appelait
toujours sa sœur.)

– Non, mon cher Andrew, non, répondit la tante Letty d'un ton ferme et calme, sans quitter du regard son ouvrage. Je t'ai déjà dit mille fois qu'il n'était pas question que je te prête de l'argent !

– Je t'en prie, ne fais pas d'histoires, ma petite biche. C'est extrêmement important. Sinon je suis dans la mouise.

– Andrew, reprit la tante Letty en le regardant droit dans les yeux, je me demande comment tu n'as pas honte de me réclamer de l'argent !

Cette réponse cachait en fait une longue et ennuyeuse histoire d'adultes. Tout ce qu'il faut savoir c'est que l'oncle Andrew, à force de « gérer les affaires de la chère tante Letty à sa place » depuis trente ans, à force de ne jamais travailler et d'accumuler d'interminables factures de cognac et de cigares (qu'elle payait inlassablement), avait contribué à faire perdre une partie considérable de sa fortune à la tante Letty.

– Ma petite biche, reprit l'oncle Andrew, tu ne comprends pas. J'ai des courses exceptionnellement coûteuses et imprévues à faire aujourd'hui. Il faut que je prépare une petite réception. Je t'en prie, tu es trop sévère.

– Puis-je savoir qui tu as l'intention de recevoir, Andrew ?

– I... il y a... une dame très distinguée qui vient vous rendre visite, entendit-on une voix murmurer.

– Distinguée ! la bonne blague, s'écria la tante Letty. Cela fait au moins une heure que personne n'a sonné à la porte.

C'est alors que celle-ci s'ouvrit violemment. La tante Letty se retourna et eut la stupeur de découvrir une femme immense, d'une élégance hors du commun, les bras nus, le regard flamboyant, debout sur le seuil.

C'était la sorcière.

CHAPITRE 7

Ce qu'il se passa devant la porte d'entrée

– Alors, esclave, combien de temps faut-il que j'attende pour avoir mon char ? gronda la sorcière.

L'oncle Andrew recula en tremblant. Face à la sorcière, toutes les idées folles qui lui avaient traversé la tête devant le miroir s'évanouirent. La tante Letty, quant à elle, se releva et s'avança au centre de la pièce.

– Quelle est donc cette jeune personne, Andrew, si je puis me permettre ? demanda-t-elle d'un ton glacial.

– Une é… étrangère, t… très imp… importante et d… distinguée, bégaya-t-il.

– Foutaises ! répondit la tante Letty avant d'ajouter en se tournant vers la sorcière : Fichez le camp de chez moi immédiatement, traînée sans vergogne, ou j'appelle la police.

Elle devait penser que la sorcière appartenait à un cirque, à cause de ses bras nus, chose qu'elle réprouvait.

– Quelle est cette femme ? demanda Jadis. À genoux, ma petite, avant que je ne t'écrabouille.

– Je vous prie d'utiliser un langage châtié à l'intérieur de cette maison, répliqua la tante Letty.

Aussitôt – du moins ce fut l'impression de l'oncle Andrew –, la reine se redressa et gagna en hauteur, encore plus intimidante. Des flammes semblaient jaillir de ses yeux. Elle leva le bras avec le même geste et les mêmes paroles grasseyantes que lorsqu'elle avait fracassé les portes du palais de Charn. Pourtant il ne se passa rien. Seule la tante Letty, persuadée que ce parler grasseyant était de l'anglais des rues, fit remarquer :

– C'est bien ce que je pensais. Cette femme a bu, elle est soûle ! Elle n'arrive même plus à parler correctement.

La sorcière était en train de vivre une expérience cuisante, car elle venait de comprendre que son pouvoir de transformer les gens en poussière était réduit à néant dans notre monde. Mais pas une seconde elle ne perdit son sang-froid. Sans revenir sur sa déception, elle se pencha, saisit la tante Letty par le cou et les genoux, la brandit au-dessus de sa tête comme une poupée et la fit valser à travers la pièce. À ce moment-là, tandis que la tante Letty tournoyait à travers les airs, la servante (qui passait une matinée follement excitante) glissa la tête à travers la porte et annonça :

– Le fiacre de Madame est arrivé.

– Après vous, esclave, lança la sorcière à l'oncle Andrew, qui commença à bafouiller quelque chose du genre « violence regrettable… me dois de protester », avant de se taire au premier regard lancé par Jadis.

Au moment même, Digory dévala les escaliers, juste à temps pour voir la porte d'entrée se refermer derrière eux.

– Dieu du ciel ! s'exclama-t-il. La voilà lâchée dans Londres, avec l'oncle Andrew. Je n'ose pas imaginer ce qu'il risque de leur arriver !

– Ah ! monsieur Digory, s'écria la servante (qui décidément passait une journée merveilleuse), vous voilà. Je crois que Mademoiselle s'est plus ou moins blessée.

Tous deux se précipitèrent dans le salon pour voir ce qui était arrivé à la tante Letty. Par bonheur, elle était retombée sur le matelas ! Heureusement, car si elle était tombée sur des lattes nues ou même sur le tapis, elle se serait brisé les os. Mais c'était une vieille dame très solide – comme souvent les vieilles tantes à l'époque – et après avoir vu trente-six chandelles, elle était simplement demeurée assise sans bouger quelques minutes. Elle n'avait rien de grave sinon quelques bleus, les rassura-t-elle. De fait, quelques instants plus tard, elle reprenait la situation en main.

– Sarah, dit-elle à la servante (qui n'en revenait toujours pas), file au commissariat pour les prévenir qu'une folle furieuse court les rues en liberté. Je monterai moi-même son déjeuner à Mme Kirke. (C'était la mère de Digory.)

Digory et la tante Letty préparèrent le déjeuner de sa mère puis ils prirent le leur et se mirent à réfléchir très sérieusement.

Le problème était de savoir comment renvoyer la sorcière dans son monde le plus vite possible, du moins comment la chasser du nôtre. Car il n'était pas question de l'autoriser à semer la pagaille dans la maison. Il ne fallait surtout pas que la mère de Digory la voie. Et si possible, il fallait aussi éviter qu'elle n'aille semer la zizanie dans les rues de Londres. Digory n'était pas dans le salon quand elle avait essayé d'« exploser » la tante Letty, mais il l'avait vue « exploser » les portes de Charn. En outre il savait qu'elle avait l'intention de conquérir notre monde et il connaissait l'étendue de ses pouvoirs – mais il ignorait qu'elle en avait perdu beaucoup en arrivant dans notre monde. En ce moment même, pensait-il, elle était peut-être en train de faire exploser le palais de Buckingham ou le Parlement, et elle avait peut-être déjà réduit un certain nombre de policiers en poussière. Que pouvaient-ils donc faire ?

« J'ai l'impression que les bagues fonctionnent comme des aimants, songeait-il. Si j'arrive simplement à mettre la bague jaune et à la toucher, nous retournerons tous les deux dans le Bois-d'entre-les-Mondes. Je me demande si elle perdra à nouveau toute son allure. Etait-ce un effet du Bois sur elle, ou le choc de se voir arrachée à son propre monde ? Je ne sais pas, mais je crois qu'il faut que je prenne le risque. Mais comment faire pour retrouver ce monstre ? Je suis sûr que la tante Letty ne m'autorisera jamais à sortir si je ne lui dis pas où je vais. En plus j'ai à peine deux pence sur moi. Si je dois leur courir après dans tout Londres, il

me faut un minimum d'argent pour le bus et le tram-
way. De toute façon, pour l'instant je n'ai pas la
moindre idée où les chercher. Je me demande même si
l'oncle Andrew est toujours avec elle. »

Finalement il lui semblait que la seule chose à faire
était d'attendre le retour de l'oncle Andrew et de la
sorcière. Alors il se précipiterait, attraperait la sorcière
et mettrait la bague jaune avant qu'elle ne rentre à l'intérieur de la maison. Pour l'instant, cela signifiait qu'il
fallait surveiller la porte d'entrée comme un chat l'entrée d'un trou de souris, sans quitter son poste un seul
instant.

Il alla dans la salle à manger et « colla son nez »
(comme on dit) contre la vitre. C'était un bow-window
d'où l'on voyait les marches menant à la porte d'entrée
et les deux côtés de la rue, si bien que personne ne
pouvait arriver sans que vous le sachiez.

« Je me demande ce que Polly fabrique », se demandait Digory tandis que l'interminable tic tac de l'horloge égrenait la première demi-heure.

Ne vous demandez rien, je vais vous le dire : Polly
était arrivée en retard pour le déjeuner, avec ses chaus-
sures et ses collants trempés. On lui demanda où elle
était allée et ce qu'elle avait fait, elle répondit qu'elle
était sortie avec Digory Kirke et s'était mouillé les
pieds en tombant dans une flaque d'eau au milieu d'un
bois. On lui demanda où était le bois, elle répondit
qu'elle ne savait pas. On lui demanda s'il était dans un
des parcs de la ville, elle répondit en toute sincérité
qu'elle supposait qu'il devait être dans une sorte de

parc. La mère de Polly en conclut que sa fille était partie sans prévenir personne dans un quartier de Londres qu'elle ne connaissait pas, dans un étrange parc où elle s'était amusée à sauter dans les flaques. En conséquence Polly fut réprimandée et, si cela devait se reproduire, elle aurait interdiction de jouer avec « ce petit Kirke ». Elle fut donc privée de dessert et envoyée au lit pendant deux heures. C'était le genre de choses qui arrivait assez souvent à cette époque.

Ainsi, tandis que Digory était posté derrière la vitre de la salle à manger, Polly était allongée sur son lit, et tous deux trouvaient le temps très long. Personnellement, j'aurais préféré être à la place de Polly : il suffisait d'attendre que les deux heures s'écoulent, alors que Digory, lui, entendait passer toutes les cinq minutes un fiacre, une roulotte de boulanger, un garçon boucher, et chaque fois il se disait : « La voilà », avant de s'apercevoir qu'il n'en était rien. Qui plus est, entre ces fausses alertes, non seulement le temps paraissait toujours aussi interminable, ponctué par le tic-tac de l'horloge, mais une énorme mouche bourdonnait contre la fenêtre, tout en haut, impossible à atteindre.

La maison où vivait Digory était une de ces maisons qui l'après-midi sombrent dans un silence lugubre et dégagent une odeur qui ressemble à celle de la viande de mouton.

Au cours de l'attente prolongée de Digory, il arriva néanmoins un petit incident que je dois mentionner, car un événement important en découlera plus tard.

Dans l'après-midi, une dame vint apporter du raisin pour la mère de Digory, qui, naturellement, ne put s'empêcher d'écouter tant que la porte d'entrée était ouverte.

– Quelles belles grappes ! Je suis certaine que c'est ce qu'il lui faudrait. Hélas ! ma pauvre Mabel, j'ai peur que la seule chose qui puisse désormais la sauver soient des fruits qui viendraient du Pays de l'Éternelle Jeunesse. Plus rien de notre monde ici-bas ne peut la secourir…

À partir de là, les deux amies baissèrent la voix avant de poursuivre un long moment sans que Digory puisse entendre quoi que ce soit.

Quelques jours plus tôt encore, l'évocation du Pays de l'Éternelle Jeunesse n'aurait éveillé aucun écho particulier chez Digory, il aurait pensé que la tante Letty parlait en l'air, comme souvent les adultes. C'était d'ailleurs plus ou moins ce qu'il pensait à cet instant précis. Mais soudain il eut une révélation : il savait (même si la tante Letty, elle, ne le savait pas) qu'il existait d'autres mondes et que lui-même avait été dans l'un de ces mondes. Alors pourquoi pas ? Il existait peut-être un Pays de l'Éternelle Jeunesse quelque part. Un pays où l'on trouverait presque tout, dont, peut-être, des fruits qui guériraient enfin sa mère ! Et… et même…

Vous savez ce que c'est quand vous commencez à croire à ce que vous espérez du fond du cœur, vous luttez contre cet espoir, car ce serait trop beau pour être vrai ; vous avez déjà été si souvent déçu… Tel était l'état d'esprit de Digory à ce moment-là. Pourtant il n'avait rien à perdre à espérer. C'était peut-être… justement, oui, c'était peut-être vrai. Il s'était déjà passé tant de choses bizarres ! Et puis il avait les bagues magiques. Et il y avait tant de mondes auxquels il pouvait accéder à travers chaque mare, des mondes qu'il pouvait tous explorer. Alors… peut-être retrouverait-il sa mère, et tout serait comme avant.

Peu à peu Digory oubliait de surveiller le retour de la sorcière. Sa main était déjà en train de fureter dans la poche où il conservait sa bague jaune, quand soudain il entendit l'écho d'un furieux galop.

« Tiens ! qu'est-ce que c'est ? pensa-t-il. Un camion de pompiers ? Je me demande quelle est la maison qui brûle. Il se rapproche… non, c'est pas vrai, c'est Elle ! »

Inutile que je vous dise qui il entendait par « Elle ».

Surgit à cet instant un fiacre, sans personne à la place du chauffeur. Sur le toit – non pas assise, mais debout –, en parfait équilibre alors que le fiacre déboulait à toute berzingue, une roue en l'air, trônait Jadis, la Reine des Reines, Jadis, la Terreur de Charn. Les dents étincelantes, les yeux brillant comme des flammes et ses longs cheveux balayant l'air telle la queue d'une comète, elle fouettait sans merci le cheval dont les flancs écumaient et les naseaux étaient rouges et béants.

Déchaîné, le cheval galopa vers la porte d'entrée et faillit renverser un lampadaire qu'il frôla avant de se cabrer. Le fiacre emboutit le réverbère et explosa en

morceaux. Aussitôt, la sorcière sauta du fiacre, atterrit sur la croupe du cheval et se pencha en avant pour lui murmurer quelques mots à l'oreille, sans doute des paroles destinées à l'exciter plus qu'à le calmer. Quelques instants plus tard en effet, le cheval se cabrait de nouveau et poussait des hennissements stridents. On ne voyait plus qu'un mouvement confus de sabots, de dents et d'yeux sous une crinière échevelée. Seul un cavalier exceptionnel pouvait maîtriser la bête.

Avant même que Digory ait le temps de se remettre, il se passa encore plusieurs phénomènes extraordinaires. Un second fiacre surgit, d'où sortirent un gros monsieur en redingote et un agent de police. Puis un troisième fiacre, avec deux agents supplémentaires, suivis d'une vingtaine de personnes à bicyclette (pour la plupart des garçons de course), qui faisaient tinter

leur sonnette, poussaient des cris d'enthousiasme et sifflaient. Enfin, une foule de badauds à pied, épuisés, mais manifestement ravis de s'amuser autant. Le long de la rue, les fenêtres s'ouvraient une par une et sur le seuil de chaque maison apparaissait une servante ou un majordome. Personne ne voulait rater un tel événement !

Entre-temps un vieux monsieur essayait de s'extraire des ruines du premier fiacre. Plusieurs personnes se précipitèrent pour l'aider mais, comme l'un le tirait dans un sens tandis que l'autre le tirait dans le sens opposé, il restait immanquablement bloqué. Digory avait tout de suite deviné que le vieux monsieur n'était autre que l'oncle Andrew mais il n'arrivait pas à voir son visage – son haut-de-forme avait été écrasé.

C'est alors qu'il se rua dans la foule.

« C'est elle, la femme, c'est elle, hurlait le gros monsieur, le doigt pointé sur Jadis. Je vous en prie, faites votre devoir, monsieur l'agent. Elle vient de dévaliser ma boutique pour une valeur de centaines de milliers de livres. Regardez, cette rivière de perles autour de son cou, c'est à moi. En plus elle a eu le culot de me flanquer un œil au beurre noir.

– Ça c'est bien vrai, chef, renchérit une voix dans la foule, un œil poché d'une beauté ! J'aurais voulu être là pour voir. Quelle force, cette femme !

– Un bon morceau de steak cru, voilà ce qu'il vous faut comme pansement, monsieur, ajouta l'un des garçons bouchers.

– S'il vous plaît, interrompit le plus important des agents de police, qu'est-ce que c'est que ce charivari ?

– Je vous ai déjà dit, elle… reprit le gros monsieur avant d'être interpellé par quelqu'un d'autre.

– Ne laissez pas le vieil hurluberlu dans le fiacre s'échapper. C'est lui qui l'a entraînée.

Le vieil hurluberlu en question – l'oncle Andrew – venait à peine de se relever et frottait ses blessures.

– Dites-moi, demanda l'officier en se tournant vers lui, quel est ce branle-bas de combat ?

– Woomfle… pomf… schomf, résonna la voix de l'oncle Andrew à l'intérieur du chapeau.

– Je vous en prie, je ne suis pas d'humeur à rire, répondit l'officier sur un ton sec. Retirez ce chapeau immédiatement.

C'était plus facile à dire qu'à faire. Heureusement, après que l'oncle Andrew eut longuement lutté pour essayer d'ôter son chapeau, deux agents de police le saisirent par le bord et le lui arrachèrent.

– Merci, merci, ânonna l'oncle Andrew d'une voix affaiblie. Merci. Oh, mon Dieu, je suis absolument bouleversé. Si seulement quelqu'un pouvait m'offrir un verre de cognac…

– Je vous prie de me suivre, somma l'officier en sortant un immense carnet et un minuscule crayon. Est-ce bien vous qui avez la charge de cette jeune femme ?

– Attention ! hurlèrent plusieurs voix, et l'officier de reculer en sautant juste à temps.

Il venait d'échapper à un coup de sabot qui aurait pu le tuer.

La sorcière avait fait pivoter le cheval de façon à ce que ses membres postérieurs reposent sur le trottoir pour faire face à la foule. Elle tenait à la main un long couteau avec lequel elle essayait de rompre les rênes pour libérer le cheval du fiacre naufragé.

Cependant Digory se débattait toujours pour essayer de toucher la reine. Le moins que l'on puisse dire c'est que ce n'était pas facile parce qu'il fallait contourner toute la foule et traverser la clôture qui entourait la maison. Or si vous connaissez un peu les chevaux, surtout si vous aviez vu l'état dans lequel était celui-là, vous comprendrez aisément que c'était une opération plus que délicate à accomplir. Digory, qui connaissait bien les chevaux, serra les dents, prêt à bondir dès que le moment serait propice.

Un homme au visage rouge, en chapeau melon, avait réussi à se glisser en tête de la foule.

– Hep ! monsieur l'officier, criait-il. C'est mon cheval, sur lequel elle est assise, et mon fiacre, qu'elle a réduit en brindilles.

– Pas tous à la fois, je vous en prie, parlez l'un après l'autre, répondit l'officier.

– Pas question, on n'a pas de temps à perdre, répondit le cocher du fiacre. Je connais bien mon cheval, c'est pas n'importe quel cheval. Son père était officier chargeur dans la cavalerie, c'était pas de la rigolade. Si cette jeune femme continue à l'exciter comme ça, on risque le meurtre, ça je vous le garantis. Je vous en prie, laissez-moi passer.

L'officier de police était trop content d'avoir une bonne raison de s'éloigner du cheval. Le cocher avança d'un pas, défia Jadis du regard et lança sur un ton qui n'était pas entièrement hostile :

– Je vous en prie, mademoiselle, permettez-moi de prendre la tête de mon cheval pour le calmer, et descendez, s'il vous plaît. Vous qui êtes une dame, vous ne voudriez quand même pas prendre des coups, non ? Vous feriez mieux de rentrer chez vous pour vous préparer une bonne tasse de thé et vous allonger un moment au calme. Vous verrez, après vous vous sentirez beaucoup mieux.

À ces mots il tendit la main vers la tête du cheval en répétant :

– Là, là, du calme, mon bon vieux Fraise. Là, là, du calme.

Alors pour la première fois la sorcière se mit à parler.

– Crapule ! résonna sa voix froide et cassante au-dessus du vacarme. Crapule, lâchez ce cheval de bataille royal. Je suis l'impératrice Jadis.

CHAPITRE 8

Bataille au pied d'un réverbère

– Oh, oh ! Impératrice, vraiment ? C'est ce que nous allons voir, résonna une voix.

– À la santé de l'impératrice du colonel Hatch ! retentit une seconde voix au milieu de l'ovation générale.

La sorcière piqua un fard et s'inclina très légèrement, mais l'ovation se transforma en un gigantesque éclat de rire et elle comprit que tous se moquaient ouvertement d'elle. L'expression de son visage se métamorphosa, elle passa son couteau dans la main gauche et fit un geste prodigieux : comme si de rien n'était, avec une adresse et une aisance extrêmes, elle étendit son bras droit et arracha l'une des barres du réverbère. Certes, elle avait perdu une partie de ses pouvoirs magiques en arrivant dans notre monde, mais elle n'avait rien perdu de sa force : elle était capable de rompre une barre de métal comme un simple bâton de sucre d'orge. Elle fit jongler sa nouvelle arme dans les airs, la rattrapa, la brandit et hurla à son cheval de détaler.

« C'est l'occasion ou jamais, pensa Digory qui se précipita entre le cheval et la clôture. Si seulement le cheval pouvait encore ne pas bouger quelques secondes, j'arriverais peut-être à saisir le talon de la sorcière. » Tout à coup, il entendit un épouvantable claquement suivi d'un bruit mat. La sorcière venait de flanquer un coup de barre contre le casque de l'officier qui s'était écroulé comme une brindille.

– Dépêche-toi, Digory. Il faut absolument arrêter le massacre, résonna une voix non loin de lui.

C'était Polly, qui venait d'avoir l'autorisation de sortir de son lit.

– C'est vraiment sympa d'être venu, répliqua Digory. Accroche-toi fort à moi et tâche de te débrouiller avec la bague… la jaune, n'oublie pas. Mais ne la mets pas avant que je te le dise.

Un second coup retentit et un nouvel officier s'effondra. Un grondement de colère s'éleva alors de la foule.

– Faites-la descendre !

– Allez chercher des pavés !

– Appelez l'armée !

La plupart cherchaient surtout à s'éloigner le plus vite possible. Seul le cocher, le plus téméraire mais aussi le plus gentil de tous les badauds, essayait de rester près de son cheval en louvoyant pour éviter de se prendre un coup de barre.

La foule continuait à huer et à lancer des invectives. Une pierre siffla au-dessus de la tête de Digory. Puis on entendit résonner la voix de la sorcière, aussi cristalline que le tintement d'une cloche :

– Vauriens ! cria-t-elle, triomphante, vous me paie-rez ça cher le jour où j'aurai conquis votre monde. Pas une seule pierre de votre cité ne demeurera. Je ferai avec elle ce que j'ai fait avec Charn, avec Felinda, avec Sorlois, avec Bramandin !

À l'instant même, Digory réussit à lui prendre le talon. Aussitôt la sorcière lui flanqua un coup de pied en plein dans la bouche, sa lèvre se mit à saigner et il dut lâcher prise. Tout près de lui il distingua la voix de l'oncle Andrew, comme une sorte de cri tremblotant :

– Madame… ma chère et jeune dame… pour l'amour du ciel… ressaisissez-vous.

Il fit une seconde tentative mais fut de nouveau vio-lemment repoussé. Plusieurs personnes dans la foule furent abattues par la barre métallique. Il fit une troi-sième tentative, attrapa le talon et s'y accrocha comme un forcené en hurlant à Polly : « Vas-y ! » Et soudain, comme par miracle… Oh ! Les visages déchaînés et terrifiés disparurent. Les voix déchaînées et terrifiées s'éteignirent. Toutes, sauf celle de l'oncle Andrew. Tout près de Digory, au cœur des ténèbres, on entendit un long gémissement :

– Oh, là là… suis-je en plein délire ? Ou est-ce la fin ? Je n'en peux plus, c'est trop pour moi. Ce n'est pas juste. Je n'ai jamais demandé à être magicien. Il y a un malentendu. C'est de la faute de ma marraine. Vu l'état de ma santé, en plus. Et tout ça chez nous, nous qui sommes une vieille famille du Dorsetshire.

« Quelle plaie ! songeait Digory. Il ne manquait plus que lui ! »

– Tu es toujours là, Polly ?

– Oui, je suis là. Arrête de pousser.

– Je ne pousse pas, répondit-il, mais avant même qu'il ne poursuive, leur tête émergea sous la douce lumière verte au milieu du Bois. Au moment où ils firent un pas hors de la mare, Polly dit :

– Oh ! regarde. Nous avons même emmené avec nous le vieux cheval. Et M. Ketterley ! Et en plus, le cocher du fiacre. Quelle jolie pêche !

À peine la sorcière revint-elle dans le Bois qu'elle pâlit et se recroquevilla tellement que son visage vint frotter la crinière du cheval. Elle était dans des affres épouvantables. L'oncle Andrew frissonnait. Seul Fraise, le cheval, secoua la tête et poussa un hennissement de bonne humeur et de bien-être. Pour la première fois depuis que Digory le voyait, il commençait à se calmer. Ses oreilles retournées retrouvèrent leur position normale et la flamme qu'il avait dans le regard s'évanouit.

– C'est bien, mon bon garçon, disait le cocher en lui tapotant le cou. Ça va mieux, allez, calme-toi.

Le cheval fit alors la chose la plus naturelle du monde. Comme il était assoiffé (ce qui n'était guère étonnant), il se dirigea tranquillement vers la mare la plus proche et fit un pas à l'intérieur pour boire un petit coup. Digory tenait toujours le talon de la sorcière et Polly la main de Digory. Une des mains du cocher était posée sur Fraise et l'oncle Andrew, qui frissonnait encore, venait de prendre la seconde main du cocher.

– Vite ! cria Polly en lançant un regard à Digory. Les vertes !

Trop tard, le cheval ne put jamais boire et toute l'équipée se vit soudain happée dans une profonde obscurité. Fraise hennissait. L'oncle Andrew gémissait. Digory répétait : « Quelle veine ! » quand il sentit une secousse, et Polly demanda :

– Vous ne croyez pas que nous sommes arrivés ?

– Si, d'ailleurs il me semble que nous sommes quelque part, répondit Digory. Enfin, moi, au moins, je suis debout sur une surface solide.

– Moi aussi, ajouta Polly. Mais pourquoi est-ce qu'il fait si sombre ? Vous ne croyez pas que nous avons sauté dans la mauvaise mare ?

– Peut-être que nous sommes à Charn, fit Digory, mais en pleine nuit.

– Ce n'est pas Charn, interrompit la voix de la sorcière. Ceci est un monde vide. Ceci est le Rien.

De fait, cela ressemblait étrangement à Rien. Il n'y avait pas la moindre étoile et il faisait si sombre qu'ils ne se voyaient pas entre eux, peu importe qu'ils aient les yeux ouverts ou fermés. Sous leurs pieds gisait quelque chose de plat et de frais qui aurait pu être de la terre, mais qui n'était ni de l'herbe ni du bois. L'air était froid et sec, sans le moindre souffle de vent.

– Mon destin s'achève, dit la sorcière avec un calme glaçant.

– Je vous en prie, ne dites pas ça, balbutia l'oncle Andrew. Ma chère et jeune dame, je vous en prie, ne dites pas des choses pareilles. Ah, monsieur le cocher, mon bon monsieur, vous n'auriez pas par hasard une flasque sur vous ? Une goutte d'alcool, c'est tout ce dont j'aurais besoin.

– Si, si, tenez, répondit le cocher de sa bonne voix, bien réconfortante. Restez calme, faites-moi confiance. Personne n'a rien de cassé ? Bon, c'est bien, c'est déjà ça, nous pouvons nous estimer contents, vu l'ampleur de la chute que nous venons de faire. Soit nous sommes tombés au fond d'une tranchée – par exemple une tranchée creusée pour construire une nouvelle station de métro –, dans ce cas-là, quelqu'un ne devrait pas tarder à venir à notre secours. Soit nous sommes morts – ce qui n'est pas totalement à exclure –, dans ce cas-là, n'oubliez pas que des choses pires arrivent en mer et qu'il faut bien mourir un jour ou l'autre. D'ailleurs, si vous avez mené une vie honnête, vous n'avez rien à craindre. Mais si vous voulez mon avis, le meilleur moyen de passer le temps serait de chanter un petit air.

Il entonna aussitôt les premières notes d'un chant de grâces de moissonneurs, qui évoquait des récoltes « conservées en sécurité ». Cela ne s'accordait pas particulièrement bien avec ce lieu où rien ne semblait avoir jamais poussé mais c'était le chant dont il se souvenait le mieux. Comme il avait une très belle voix, les enfants ne tardèrent pas à se joindre à lui, formant une joyeuse petite chorale. L'oncle Andrew et la sorcière s'abstinrent.

À la fin du chant, Digory sentit quelque chose le tirer doucement au coude, et à l'odeur de cognac, de cigare et de vêtements bien amidonnés, il reconnut l'oncle Andrew. Ce dernier était en train de l'attirer discrètement à l'écart. Ils s'éloignèrent un peu et le vieil homme colla ses lèvres si près de l'oreille de Digory qu'il le chatouilla.

– Allez, mon garçon, glisse ta bague et filons, lui murmura-t-il.

Hélas, la sorcière avait l'oreille très fine.

– Imbécile ! résonna sa voix alors qu'elle sautait de son cheval. Vous aviez oublié que je peux entendre les pensées des hommes ? Lâchez ce garçon. Au moindre geste de trahison, je vous préviens que ma revanche dépassera tout ce l'on a jamais vu dans tous les mondes et depuis l'origine des temps.

– En plus, ajouta Digory, si vous croyez que je suis assez vache et assez lâche pour abandonner non seulement Polly, mais le cocher et le cheval dans un endroit pareil, alors là, vous vous trompez complètement.

– Petit impertinent, se défendit l'oncle Andrew.

– Chut ! fit le cocher.

Et tous tendirent l'oreille.

Au cœur des ténèbres, il se passait enfin quelque chose. Une voix s'éleva, une voix très lointaine dont Digory avait du mal à identifier la source. Tantôt elle semblait monter de tous les côtés en même temps, tantôt il avait l'impression qu'elle jaillissait de la terre à leurs pieds. Les notes les plus basses étaient assez profondes pour être le chant de la terre. Il n'y avait pas de paroles. On distinguait à peine une mélodie. C'était, au-delà de toute comparaison possible, le son le plus pur qu'il eût jamais entendu, d'une telle beauté qu'il était à peine supportable. Même le cheval semblait y être sensible : il poussa un long hennissement, comme s'il retrouvait le vieux champ dans lequel il s'ébrouait quand il était jeune poulain et voyait une personne chère traverser le champ pour lui apporter un morceau de sucre.

– Dieu du ciel ! s'écria le cocher. Ce n'est pas sublime ?

Deux phénomènes extraordinaires survinrent alors. Le premier fut le concert d'un nombre infini de voix qui s'éleva pour rejoindre la première. C'était un ensemble de voix beaucoup plus hautes, stridentes, argentées, qui pourtant formaient un chœur harmonieux. Le second phénomène fut l'illumination subite des ténèbres par une pléiade d'étoiles. Non pas des étoiles nées une par une, comme lors d'une douce soirée d'été, mais en un éclair, alors que tout n'était qu'obscurité, l'apparition d'une myriade de points lumineux – étoiles isolées, constellations, planètes –, tous beaucoup plus brillants et plus grands que dans notre monde. Il n'y avait pas le moindre nuage.

Les étoiles et les voix avaient surgi exactement au même moment, comme si c'étaient les étoiles qui chantaient sous la direction de la Voix principale, la voix basse.

– Gloire aux cieux ! s'exclama le cocher. Si j'avais su que de telles choses existaient, j'aurais tâché de mener une vie meilleure.

La Voix de la terre était toujours plus forte, plus puissante, tandis que les voix du ciel commençaient déjà à diminuer.

Au loin, près de la ligne d'horizon, tandis que s'élevait une brise légère et fraîche, le ciel commença à s'éclaircir et à virer en un gris de plus en plus pâle. Des silhouettes de collines noires se dessinaient dans le ciel. Et la Voix poursuivait son chant.

Peu après il y eut assez de lumière pour qu'ils puissent se reconnaître. Le cocher et les deux enfants étaient bouche bée, les yeux brillants, les oreilles tendues vers la note, comme si elle leur évoquait une profonde réminiscence. L'oncle Andrew était lui aussi bouche bée, mais il était loin de l'extase. On aurait dit que son menton s'était détaché de son visage. Il avait les épaules affaissées et les genoux qui tremblaient. Il n'aimait pas la Voix. S'il avait pu y échapper en se glis-

sant dans un trou de rat, il l'aurait fait. Quant à la sorcière, elle seule comprenait le sens de cette musique
qu'elle écoutait les lèvres scellées l'une contre l'autre
et les poings serrés. Car l'apparition du chant signalait
un monde empli d'une magie différente et plus puissante que la sienne. Une magie qu'elle haïssait. Elle
aurait anéanti tous les mondes possibles, ne fût-ce que
pour mettre fin à cette mélodie. Le cheval, lui, avait les
oreilles aux aguets, il frissonnait et hennissait en frappant du pied régulièrement. Il n'avait plus rien d'un
cheval de fiacre, il avait retrouvé toute l'allure de quelqu'un dont le père avait participé aux plus grandes
batailles.

Le ciel à l'est passa du blanc au rose puis du rose au
doré. La Voix se fit de plus en plus intense, jusqu'au
moment où l'atmosphère tout entière se mit à frémir.
Soudain, au moment même où la voix semblait croître
pour atteindre sa note la plus puissante et la plus glo-
rieuse, le soleil apparut.

Jamais Digory n'avait vu un tel soleil. Autant celui
qui dominait les ruines de Charn semblait plus ancien
que le nôtre, autant celui-ci semblait plus jeune, riant
de bonheur alors qu'il montait dans le ciel et dardait
ses rayons à travers les airs. Nos voyageurs découvrirent alors un pays entièrement neuf : c'était une
immense vallée arrosée par un large fleuve qui serpentait en s'écoulant vers l'est, du côté du soleil. Au sud
s'élevaient des montagnes, au nord des collines plus
modestes. La vallée était formée de terre, de roche et
d'eau ; il n'y avait pas un arbre, pas un buisson, pas un

brin d'herbe. La terre offrait une gamme de couleurs variées, vives et chatoyantes, qui procuraient au spectateur un irrésistible sentiment d'excitation… jusqu'au moment où celui-ci découvrait la source du chant et oubliait instantanément tout le reste.

C'était un lion. Un lion immense, lumineux, avec une longue crinière, qui faisait face au soleil. Il chantait la gueule grande ouverte, à trois cents mètres environ de la petite assemblée.

– C'est un monde épouvantable, dit la sorcière. Il faut fuir immédiatement. Préparez la magie.

– Je suis entièrement de votre avis, madame, répondit l'oncle Andrew. C'est un endroit fort déplaisant. Absolument pas civilisé. Si j'étais plus jeune et que je disposais d'un fusil…

– Comment ! s'exclama le cocher. Ne me dites pas que vous pourriez tirer sur lui.

– D'ailleurs qui pourrait ? ajouta Polly.

– Prépare la magie, vieux sot, intima la sorcière.

– Certainement, madame, répondit l'oncle Andrew avec un air sournois, lui qui n'avait de cesse de se débarrasser de la sorcière. Il suffit que chacun des deux enfants me touche. Mets immédiatement ta bague de retour, Digory, je te prie.

– Ah, ce sont des bagues, n'est-ce pas ? s'écria Jadis.

Elle allait plonger sa main dans la poche de Digory quand celui-ci attrapa Polly et hurla :

– Je vous préviens, faites attention. Le premier de vous deux qui s'approche d'un centimètre et je disparais avec Polly en vous abandonnant ici pour de bon.

J'ai dans la poche une bague qui a le pouvoir de nous ramener à la maison. Regardez, ma main est prête. Alors tenez-vous à distance. Je suis désolé pour vous (ajouta-t-il en regardant le cocher) et pour le cheval, mais je n'y peux rien. Quant à vous deux (il se tourna vers la sorcière et l'oncle Andrew), vous êtes magiciens, vous devriez donc apprécier de vivre ensemble.

– Taisez-vous, dit le cocher, je voudrais écouter la musique.

En effet le chant n'était plus le même.

CHAPITRE 9
La fondation de Narnia

Le Lion allait et venait sur cette terre vide en poursuivant un nouveau chant, plus doux et plus rythmé que celui qui avait permis de convoquer le soleil et les étoiles. À mesure qu'il se déplaçait au rythme de cette mélodie délicate et flottante, la vallée se recouvrait d'une herbe verdoyante qui jaillissait sous ses pas comme l'eau vive et s'étendait sur les flancs des coteaux comme une onde. L'herbe grimpait ensuite au pied des montagnes, couvrant ce nouveau monde d'un manteau de douceur de plus en plus étendu.

Une brise légère se mit à faire ondoyer l'herbe et d'autres éléments apparurent. Une bruyère sombre vint tapisser les versants les plus élevés. Des taches d'un vert plus fort et plus vif surgirent dans la vallée. Digory ignorait ce que c'était jusqu'au moment où l'une d'elles apparut suffisamment près de lui. C'était une petite chose piquante d'où jaillissaient des douzaines de bras de couleur verte, poussant d'un centimètre environ toutes les secondes. Très vite Digory fut cerné de dizaines de ces pousses, et quand elles eurent atteint à peu près sa taille il comprit enfin ce que c'était. « Des arbres ! » s'exclama-t-il.

Le seul problème, devait expliquer plus tard Polly, c'est qu'ils ne pouvaient pas admirer ce paysage en paix. Ainsi, au moment où Digory s'exclamait : « Des arbres ! » il avait dû sauter de côté pour éviter l'oncle Andrew qui venait encore de se glisser contre lui pour fouiller dans sa poche. Ce qui d'ailleurs ne lui aurait pas été très utile car il visait la poche droite, croyant toujours que les bagues vertes étaient les bagues « de retour ».

– Arrêtez ! hurla la sorcière. Reculez. Non, plus loin. Le premier qui s'approche de l'un des enfants à moins de dix pas, je lui fais sauter la cervelle.

Elle brandit alors la barre métallique arrachée au réverbère, prête à abattre le premier venu. Or tout le monde savait qu'elle n'était pas mauvaise au lancer...

– Alors ! dit-elle, comme ça, vous seriez prêt à revenir en douce dans votre monde en m'abandonnant ici.

Enfin, l'oncle Andrew montra qu'il avait du caractère et savait dominer sa frayeur.

– Oui, madame, parfaitement, répondit-il. Ce serait même mon droit le plus strict. Car vous m'avez traité jusqu'ici de la façon la plus éhontée et la plus intolérable, tandis que j'ai tout fait pour me montrer aussi correct que possible à votre égard. Et quelle fut ma récompense ? Vous avez volé – je dis bien volé – un joaillier extrêmement respectable. Vous avez longuement insisté pour que je vous offre un déjeuner excessivement luxueux, pour ne pas dire ostentatoire, alors que j'étais obligé de mettre en gage ma montre de gousset et ma chaîne afin d'y subvenir – or, permettez-moi de le souligner en passant, chère madame, personne dans notre famille n'a jamais fréquenté les monts-de-piété, excepté mon cousin Édouard, et encore, parce qu'il appartenait à un régiment de cavalerie. En outre, au cours de ce déjeuner que j'ai toujours du mal à digérer – j'en suis quasiment malade à l'instant même –, vous avez, et de la façon la plus outrageuse, attiré l'attention de toutes les personnes présentes par votre comportement et vos propos. J'estime que j'ai été humilié en public. Jamais je n'oserai plus me montrer dans ce restaurant. Qui plus est, vous avez assailli la police. Vous avez volé…

– Fermez-la, mon vieux, fermez-la, interrompit le cocher. Admirez et écoutez plutôt ce spectacle, et taisez-vous.

Le fait est que le spectacle était étonnant. L'arbre que Digory avait vu pousser à côté de lui était à présent un hêtre au faîte de sa croissance, dont les branches oscillaient délicatement au-dessus de sa tête. Autour, se déployait une pelouse d'herbe verte fraîche, parsemée de pâquerettes et de boutons-d'or. Un peu plus bas, le long du fleuve, poussaient des saules dont les rameaux se mêlaient à des bouquets de branches de groseillier, de lilas, de rose sauvage et de rhododendron. Le cheval se régalait de mottes d'herbe nouvelle qu'il arrachait du sol.

Le Lion ne cessait de chanter et de déambuler, décrivant de longs méandres qui le rapprochaient un peu plus à chaque détour. Polly trouvait son chant de plus en plus intéressant à écouter car elle avait l'impression qu'elle pouvait établir un lien entre la mélodie et les éléments qui apparaissaient. Ainsi, lorsqu'une rangée de sapins vert foncé surgit à quelques mètres, elle crut comprendre qu'ils étaient liés à une série de notes basses continues que le Lion venait d'émettre. Et lorsque celui-ci attaqua une série de notes plus légères, elle ne fut pas surprise de voir apparaître de tous côtés des primevères. Non sans un indicible sentiment d'exaltation, elle était absolument certaine que toutes les choses naissaient « de la tête du Lion » (comme elle le disait). En écoutant son chant et en regardant autour de soi attentivement, l'on entendait et l'on voyait les choses qu'il concevait. C'était un phéno-mène si extraordinaire qu'elle n'avait pas le temps d'avoir peur.

Digory et le cocher, eux, ne pouvaient s'empêcher d'être un peu plus anxieux à chaque nouveau détour que décrivait le Lion. Quant à l'oncle Andrew, il avait les dents qui claquaient mais ses genoux tremblaient tellement qu'il ne pouvait pas s'enfuir.

Tout à coup, la sorcière fit un pas en direction du Lion qui continua d'avancer, toujours en chantant, de son pas lent et pesant. Elle brandit le bras et lança sa barre métallique contre sa tête.

Personne, surtout Jadis, n'aurait pu rater une cible à cette distance : le Lion n'était qu'à une douzaine de mètres. Pourtant, la barre heurta le Lion en plein front, rebondit et retomba lourdement dans l'herbe.

Le Lion, imperturbable, continua à avancer au même pas ; il était impossible de savoir s'il avait conscience d'avoir été frappé. Sa démarche était toujours aussi souple et feutrée, mais l'on sentait la terre trembler sous son poids.

La sorcière poussa un hurlement et s'éloigna en courant ; quelques instants après, elle avait disparu au milieu des arbres. L'oncle Andrew se retourna pour prendre la poudre d'escampette lui aussi mais il trébucha contre une racine et s'étala la tête la première dans un petit ruisseau qui coulait vers le fleuve.

Les enfants étaient paralysés, ils ne savaient plus vraiment ce qu'ils voulaient. Le Lion ne faisait pas attention à eux, il chantait, la gueule grande ouverte.

Il passa si près d'eux qu'ils auraient pu caresser sa crinière, mais ils avaient trop peur qu'il se retourne et les fusille du regard – tout en ayant la bizarre envie d'essayer. De toute façon le Lion ne parut pas plus les remarquer que s'ils eussent été invisibles et inodores. Il les dépassa, revint sur ses pas, repassa devant eux, puis continua sa marche en direction de l'est.

À ce moment-là l'oncle Andrew se ressaisit, toussant et crachotant.

– Écoute, Digory, dit-il, nous sommes enfin débarrassés de cette femme et cette brute de lion est partie. Donne-moi la main et mets immédiatement ta bague.

– Halte-là, répondit Digory en reculant. Polly, éloigne-toi de lui, viens près de moi. Maintenant, je vous préviens, oncle Andrew, si vous faites un pas, vous disparaissez.

– Fais ce qu'on te dit, mon petit, répliqua l'oncle Andrew. Je te trouve extrêmement insolent et mal élevé.

– Jamais de la vie ! répondit Digory. Nous avons l'intention de rester ici pour voir ce qui se passe. Je croyais que vous vouliez découvrir d'autres mondes. Vous n'aimez pas ça, ici ?

– Aimer ça ! Regarde l'état dans lequel je suis. C'était ma redingote et mon gilet les plus chics.

Il faut avouer qu'il formait un tableau pitoyable : évidemment, plus vous êtes habillé, plus vous avez l'air lamentable après un accident de fiacre et une chute dans un ruisseau boueux…

– Je ne dis pas que cet endroit ne présente aucun intérêt, s'expliqua-t-il. Si j'étais plus jeune, oui, je reviendrais sans doute avec un bon gaillard qui chasserait le gros gibier. Il y a sûrement de quoi tirer parti de ce pays. Le climat est délicieux, je n'ai jamais connu une telle pureté d'air. Je suis certain que cela m'aurait fait du bien si... si les circonstances avaient été plus favorables, si nous avions eu un fusil...

– Un fusil ! s'écria le cocher. Bon, je crois que je vais aller bouchonner un peu mon petit Fraise. Ce cheval a plus de bon sens que certaines personnes que je ne mentionnerai pas, ajouta-t-il avant de s'éloigner en sifflotant, comme souvent les palefreniers.

– Vous croyez vraiment que ce Lion pourrait être tué d'un simple coup de fusil ? demanda Digory. Il n'a pas eu l'air d'être tellement troublé par la barre métallique tout à l'heure.

– Malgré tous ses défauts, dit l'oncle Andrew, cette fille a un sacré culot, mon garçon. C'était ce qu'il y avait de plus malin à faire.

Il se frotta les mains et fit craquer ses articulations comme s'il avait à nouveau oublié à quel point la sorcière le paralysait à chaque fois qu'elle était devant lui.

– Quelle cruauté, intervint Polly. Qu'est-ce qu'il lui avait fait ?

– Tiens ! mais qu'est-ce que c'est ? s'écria Digory qui venait de se précipiter pour observer quelque chose un peu plus loin. Polly, viens, viens voir.

L'oncle Andrew suivit Polly, non pas parce qu'il avait envie de voir, mais parce qu'il ne voulait pas s'éloigner des enfants – on ne savait jamais, il pourrait peut-être leur subtiliser les bagues. Lorsqu'il découvrit ce que Digory était en train de regarder, sa curiosité aussi fut piquée : c'était une parfaite petite réplique de réverbère, de un mètre de hauteur environ, qui s'allongeait et s'élargissait à vue d'œil. Il poussait exactement comme un arbre.

– En plus il est vivant… euh, je veux dire, il est allumé, ajouta Digory.

C'était vrai : en faisant de l'ombre pour éviter l'éclat du soleil, on pouvait voir la petite flamme intérieure.

– Remarquable, tout à fait remarquable, murmurait l'oncle Andrew. Même moi je n'aurais jamais rêvé à un tel phénomène magique. Nous sommes dans un monde où tout, même les réverbères, naît à la vie et croît. Seulement je me demande à partir de quelle espèce de graine le réverbère pousse.

– Vous ne voyez pas ? demanda Digory. C'est là que la barre métallique est retombée, la barre que la sorcière a arrachée sur le réverbère chez nous. Elle s'est enfoncée dans le sol et elle réapparaît sous forme d'un jeune réverbère. (À présent plus si jeune que ça, il avait déjà atteint la taille de Digory pendant que celui-ci parlait.)

– C'est ça ! Hallucinant, hallucinant ! répétait l'oncle Andrew en se frottant les mains plus énergiquement que jamais. Ha ! ha ! Quand je pense qu'on se moquait de mes expériences. Et ma sœur, cette sotte, qui pense que je suis fou. Je me demande ce qu'ils vont dire désormais. J'ai découvert un monde où tout explose de vie et de croissance. Christophe Colomb, on parle toujours de Christophe Colomb, mais à côté de ça, c'est quoi l'Amérique ? Le potentiel commercial de ce pays est sans limites. Apportez quelques vieux morceaux de métal rouillé, enterrez-les et hop, ils renaissent sous forme de superbes wagons de chemin de fer, de navires de guerre, et tout ce que vous voudrez. Tout cela pour rien, mais moi, je peux les vendre au prix fort en Angleterre et je serai millionnaire. En plus il y a le climat ! Je me sens déjà rajeuni de plusieurs années. Je pourrais transformer ce lieu en une station thermale. Un bon sanatorium ici rapporterait environ un million par an. Bien sûr il faudrait que je mette quelques personnes dans le secret. Mais la première chose à faire est d'abattre cette brute.

– Vous êtes comme la sorcière, interrompit Polly. Tout ce qui vous intéresse c'est tuer ce qui vous entoure.

– En ce qui me concerne, continuait l'oncle Andrew, poursuivant son rêve tout haut, il est difficile de savoir combien de temps je vivrais si je m'installais ici, car il ne faut pas oublier que j'ai déjà plus de soixante ans. Cela dit je ne serais pas surpris de découvrir que je ne vieillirais pas d'un seul jour ! Hallucinant ! Le Pays de l'Éternelle Jeunesse !

– Comment ! s'écria Digory. Le Pays de l'Éternelle Jeunesse ! Vous pensez vraiment que c'est cela ?

Digory, qui n'avait pas oublié ce que la tante Letty avait dit à la dame venue apporter les raisins, se sentit à nouveau envahi par son fol espoir.

– Oncle Andrew, demanda-t-il, pensez-vous qu'il y aurait quelque chose qui guérirait maman ?

– De quoi parles-tu ? répondit l'oncle Andrew. Nous ne sommes pas chez un apothicaire. Cependant, comme je le disais…

– Vous vous souciez d'elle comme d'une guigne ! s'exclama violemment Digory. Après tout c'est votre sœur autant que c'est ma mère. Enfin, tant pis. J'ai l'intention de demander au Lion lui-même s'il peut m'aider.

Sur ce, il tourna les talons et s'éloigna sans mot dire. Polly attendit un moment avant d'aller le rejoindre.

– Oh là ! Arrêtez ! Revenez ! Ce garçon a perdu la tête, cria l'oncle Andrew, tout en suivant les enfants à une distance prudente car il ne voulait ni trop s'éloigner des bagues vertes ni trop s'approcher du Lion.

Digory arriva à la lisière du bois et s'arrêta. Le Lion chantait toujours, mais son chant s'était encore métamorphosé. Il ressemblait à ce que nous appellerions une mélodie, une mélodie très entraînante, qui donnait envie de courir, de sauter et de grimper. Qui donnait envie de hurler. Qui donnait envie de se précipiter sur les autres pour les embrasser ou se battre contre eux. Digory lui-même avait déjà le visage brûlant et cramoisi. Quant à l'oncle Andrew, lui aussi était touché, il ne cessait de répéter : « Un sacré culot, cette fille, mon bon monsieur. Dommage qu'elle ait un sale caractère car c'est une sacrée bonne femme, une sacrée bonne femme. » Mais l'effet produit par cette mélodie sur ces deux hommes n'était rien à côté de celui qu'elle produisait sur la campagne alentour.

Vous imaginez un ruban de pelouse se mettre à faire des bulles comme de l'eau dans une bouilloire ? Ce serait la meilleure façon de décrire ce qui était en train de se passer. Partout, la terre gonflait en monticules de tailles variées, certains pas plus gros qu'une taupinière, d'autres aussi hauts qu'une brouette, d'autres encore de la taille d'une petite ferme. Les monticules bougeaient et enflaient jusqu'au moment où ils explosaient, dégorgeant un trop plein de terre broyée, et de chacun surgissait un animal. Les taupes apparaissaient exactement de la même manière que celles que l'on voit en Angleterre. Les chiens aboyaient dès qu'ils avaient la tête libérée et se débattaient comme lorsqu'ils essaient de pénétrer dans une haie par un trou trop étroit. Les cerfs étaient les plus curieux à voir, car leurs bois émergeaient bien avant le reste de leur

corps, si bien qu'au début Digory crut que c'était des arbres. Les grenouilles naissaient le long du fleuve et sautaient immédiatement à l'eau au milieu de plouf ! et de coassements sonores. Les panthères, les léopards et les animaux de cette espèce s'arrêtaient tout de suite pour débarrasser leurs pattes arrière de la terre avant de se relever pour aller aiguiser leurs griffes contre les arbres. Des myriades d'oiseaux jaillissaient des arbres. Des papillons voletaient. Des abeilles commençaient déjà à s'affairer autour des fleurs comme si elles n'avaient pas une seconde à perdre. Mais le moment le plus extraordinaire fut celui où le plus gros des monticules explosa, comme un petit tremblement de terre, et l'on vit émerger un dos

arrondi, une tête énorme, pleine de sagesse, et quatre pattes à la peau lourdement plissée : un éléphant !

C'était un concert de gazouillis, de roucoulements, de coassements, de braiments, de hennissements, d'aboiements, de mugissements, de bêlements et de barrissements. Digory n'arrivait plus à entendre le chant du lion mais il le suivait attentivement du regard, happé par sa stature et sa beauté. Aucun des animaux ne semblait avoir peur de lui. Même le cheval de fiacre dont Digory reconnut le bruit de sabots passa devant lui pour aller rejoindre la petite troupe. Apparemment la pureté de l'air lui faisait autant de bien qu'à l'oncle Andrew : il avait perdu cet air de vieux chien battu et exploité qu'il avait à Londres, levant bien haut les jambes et maintenant sa tête très droite.

Alors pour la première fois le Lion se tut. Il commença à décrire une ronde au milieu des animaux, s'approchant de temps à autre de deux d'entre eux (toujours deux à la fois) pour frotter son museau contre le leur. Il toucha deux castors choisis parmi tous les castors, deux léopards parmi les léopards, un cerf et un daim parmi les cervidés, puis laissa les autres. Il négligea entièrement certaines races d'animaux. Mais les paires qu'il avait choisies abandonnaient instantanément leurs semblables pour le suivre. Enfin il s'immobilisa, et toutes les créatures qu'il avait élues s'approchèrent pour former un large cercle autour de lui. Les autres s'éloignèrent petit à petit.

Les bêtes choisies se tenaient à présent dans un profond silence, les yeux fixés sur le Lion. Les félins donnaient de temps à autre un coup de queue mais tous étaient parfaitement calmes. Pour la première fois, un silence absolu régnait, que seul troublait le bruit de l'eau vive. Digory sentait son cœur battre à tout rompre, il savait que quelque chose de très solennel allait être accompli. Il n'avait pas oublié sa mère, mais il savait que, même pour elle, il était impossible d'interrompre pareille cérémonie.

Le Lion scrutait les animaux avec une telle intensité qu'il semblait s'apprêter à les enflammer de son seul regard. Alors un changement se produisit : les animaux les plus petits – les lapins, les taupes et leurs congénères – se mirent soudain à grossir. Les plus grands – c'était surtout visible sur les éléphants – rapetissèrent légèrement. De nombreux animaux s'assirent sur leurs pattes arrière. La plupart penchaient la tête de côté comme s'ils devaient faire un sérieux effort de compréhension.

Le Lion ouvrit la gueule mais nul son n'en sortit ; il exhala un long souffle tiède qui fit vaciller les bêtes comme le vent fait frissonner une rangée d'arbres. Beaucoup plus haut, au-delà du voile de ciel bleu qui les cachait, les étoiles recommencèrent à chanter, un chant épuré, froid, aride. Un immense éclair (qui ne brûla personne) jaillit du ciel ou du Lion lui-même, telle une langue de feu, et les enfants sentirent chacune des gouttes de leur sang picoter à l'intérieur de leur corps, quand enfin la voix la plus profonde et la plus sauvage qu'ils aient jamais entendue résonna et prononça ces paroles :

– Narnia, Narnia, Narnia, réveille-toi. Aime. Pense. Parle. Que les arbres marchent. Que les bêtes parlent. Que les eaux divines soient.

CHAPITRE 10
La première histoire drôle

C'était la voix du Lion. Depuis le début, les enfants avaient la conviction que le Lion pouvait parler mais, quand ils l'entendirent, ce fut un choc, à la fois terrible et délicieux.

Au même moment, ils virent sortir des arbres une myriade d'êtres de la forêt, de dieux et de déesses des bois, suivis de faunes, de satyres et de nains. De la rivière naquit le dieu-fleuve et ses filles, les naïades. Et tous, formant un concert de voix avec les bêtes et les oiseaux – des voix les plus hautes aux plus basses, des plus sourdes aux plus limpides – répondirent en chœur :

– Salut, oh ! Aslan. Nous t'entendons et nous t'obéissons. Nous sommes éveillés. Nous aimons. Nous pensons. Nous parlons. Nous savons.

– Oui, mais nous ne savons encore presque rien, résonna une drôle de voix, un grognement nasillard qui fit sursauter les enfants.

C'était Fraise qui venait de parler.

– Le bon vieux Fraise ! s'exclama Polly. Comme je suis contente de savoir qu'il fait partie des Bêtes qui Parlent !

– J'en aurais mis ma main au feu. J'ai toujours dit que ce cheval était plein de bon sens, ajouta le cocher qui s'était rapproché des enfants.

– Chères créatures, retentit la voix joyeuse d'Aslan, je vous offre à jamais la terre de Narnia. Je vous offre les bois, les fruits, les fleuves. Je vous offre les étoiles et je vous offre ma personne. Les Bêtes muettes, celles qui n'ont pas été élues par moi, sont également vôtres. Sachez les traiter avec bonté et les protéger, mais ne retombez pas dans leur état, sans quoi vous seriez à nouveau privés de parole. Car tel est l'état originel à partir duquel vous avez été conçus et auquel vous pouvez revenir. Tâchez donc de l'éviter.

– Oui, Aslan, répondit le chœur.

– Sans problème ! ajouta tout haut un impertinent petit choucas dont les paroles résonnèrent et se détachèrent au milieu d'un silence de mort. (Vous avez peut-être déjà vécu cela et vous savez à quel point c'est gênant, par exemple au cours d'une fête entre amis.)

Le choucas était tellement embarrassé qu'il enfouit sa tête sous son aile comme s'il voulait dormir, et les animaux se mirent à pousser toutes sortes de cris bizarres et de gloussements tels que personne n'en a jamais entendu chez nous. Tous essayaient de réprimer leur fou rire quand Aslan les rassura :

– Riez et n'ayez crainte, chères créatures. Vous n'êtes plus muets ni dépourvus d'esprit, alors ne vous croyez pas obligés d'être trop sérieux. Car l'humour, comme la justice, naît avec la parole.

Aussitôt les animaux éclatèrent de rire en toute liberté, manifestant une telle joie que même le choucas reprit courage et alla se percher sur la tête du cheval de fiacre, entre les deux oreilles, en battant des ailes et s'exclamant :

– Aslan ! Aslan ! est-ce moi qui ai inventé la première histoire drôle ? est-ce désormais ce que racontera la légende ?

– Non, mon petit ami, répondit le Lion. Tu n'as pas inventé la première histoire drôle, tu *es* toi-même la première histoire drôle.

Tout le monde pouffa alors plus franchement que jamais. Le choucas, ne craignant plus rien, riait aussi fort que les autres, jusqu'au moment où le cheval secoua la tête : il perdit l'équilibre et tomba. Heureusement, il se rappela qu'il avait des ailes (elles étaient encore neuves) et put amortir sa chute.

– À présent, dit Aslan, la fondation de Narnia est achevée. Il nous faut maintenant réfléchir à sa sécurité. Je vais en appeler certains parmi vous pour former mon conseil. Viens ici près de moi, toi, le chef des nains, et toi, le dieu-fleuve, toi, le chêne, toi, le hibou, et vous deux, le corbeau et l'éléphant. Il faut que nous discutions entre nous. En effet, le monde n'est âgé que de cinq heures mais un mal y a déjà pénétré.

Les créatures qu'il avait nommées s'avancèrent et ensemble ils s'éloignèrent en direction de l'est. Les autres se mirent à bavarder et à faire des commentaires du genre : « Qu'est-ce qui a déjà pénétré ? – Un nal – Qu'est-ce qu'un nal ? – Non, il n'a pas dit nal, il a dit bal. – Qu'est-ce que c'est que ça ? »

– Écoute, dit Digory à Polly. Il faut que j'aille avec lui, avec Aslan, je veux dire. Il faut que j'aille lui parler.

– Tu crois que tu as le droit ? Personnellement j'éviterais.

– Si, si, il faut absolument. C'est à propos de maman. S'il y a une personne qui peut me donner quelque chose qui la soulagera, c'est lui.

– Je t'accompagne, dit le cocher. Le Lion m'inspire confiance, par contre je ne pense pas que les autres bêtes nous apprécient tellement. Mais je voudrais dire un mot à Fraise.

Tous trois eurent l'audace – certes, mesurée – de s'avancer en direction du conseil des animaux, mais

ceux-ci étaient tellement occupés à faire connaissance et à discuter qu'ils ne les remarquèrent pas tout de suite ; ils n'entendirent pas non plus l'oncle Andrew qui se tenait prudemment à distance, tremblant dans ses bottines et criant (pas si fort que ça cependant) :

– Digory ! Reviens ! Reviens immédiatement, c'est un ordre. Je t'interdis de faire un pas de plus.

Quand les trois amis arrivèrent au centre du cercle des animaux, ceux-ci firent soudain silence pour les observer.

– Ça alors! interrompit le castor, qui sont ces êtres, au nom d'Aslan?

– S'il vous plaît, balbutia timidement Digory.

– À mon avis ce sont des espèces d'énormes laitues, suggéra un lapin.

– Pas du tout, répondit instantanément Polly. Ça m'étonnerait que nous soyons bons à manger.

– Je m'en doutais! s'écria la taupe. Ils parlent! On n'a jamais vu des laitues qui parlent!

– C'est peut-être la seconde histoire drôle? suggéra le choucas.

À ce moment-là une panthère qui était en train de se nettoyer la figure fit une pause et dit:

– Si c'est le cas, elle est loin d'être aussi drôle que la première. Je ne vois vraiment pas ce qu'ils ont de comique.

Puis elle bâilla longuement et reprit sa toilette.

– Je vous en prie, reprit Digory, c'est urgent, il faut absolument que je voie le Lion.

Pendant ce temps-là le cocher essayait d'attirer l'attention de son cheval.

– Alors, mon bon vieux Fraise, disait-il, tu me reconnais? tu ne vas quand même pas rester ici et faire comme si tu ne me connaissais pas?

– De quoi cette créature parle-t-elle, cheval? demandèrent plusieurs voix.

– À vrai dire, je ne sais pas, répondit Fraise avec prudence, j'ai bien peur de ne pas encore connaître assez bien notre nouvel environnement. Ceci dit, j'ai l'impression d'avoir déjà vu quelque chose qui lui ressemblait. J'ai même le sentiment d'avoir vécu ailleurs, ou d'avoir été autre chose, avant qu'Aslan ne nous réveille. Seulement tout est brouillé, comme dans un rêve où il y aurait des créatures de la même espèce que ces trois-là.

– Quoi ? s'écria le cocher. Tu ne me reconnais pas ? Moi qui t'apportais de la bouillie chaude le soir quand tu étais épuisé. Moi qui te bouchonnais avec amour. Moi qui n'oubliais jamais de te couvrir quand il fallait que tu attendes dehors en plein froid. Tu me déçois, Fraise.

– Si, si, cela commence à me revenir, réfléchit tout haut le cheval. C'est ça, oui… Attendez, il faut que je me concentre. Mais oui, c'est vous qui m'attachiez derrière un énorme truc noir en me fustigeant pour que je galope, et quelle que soit la distance à parcourir, ce truc noir traînait toujours derrière moi avec un bruit de crécelle insupportable.

– Il fallait qu'on gagne notre vie, tu comprends, la tienne autant que la mienne. Pas de travail et pas de fouet, ça voulait dire pas d'étable, pas de foin, ni de bouillie, ni d'avoine. Oui, je te promets, quand je pouvais me le permettre, je te donnais de l'avoine, ça, tout le monde serait prêt à en témoigner.

– De l'avoine ? demanda le cheval en dressant les oreilles. En effet, cela me dit quelque chose. C'est vrai. Je me souviens de mieux en mieux. Vous étiez tout le temps derrière moi pendant que je cavalais devant pour vous tirer avec ce truc noir. C'est moi qui faisais tout le boulot.

– L'été, c'est vrai. Tu trimais alors que j'avais ma place au frais à l'arrière. Mais tu as oublié l'hiver, mon vieux, quand tu étais bien au chaud et moi, assis à l'extérieur, les pieds gelés, avec un vent glacial qui me pinçait le nez, et les mains tellement engourdies que je pouvais à peine tenir les rênes.

– C'était une vie difficile et éprouvante, ajouta Fraise. Il n'y avait pas d'herbe, rien que des pierres très dures.

– Ça c'est bien vrai, mon vieux, c'est bien vrai ! s'exclama le cocher. C'était un monde sacrément dur. J'ai toujours dit que les pavés n'étaient pas bons pour mon cheval. Moi non plus, je n'aimais pas ça, tu sais. Je suis comme toi, je viens de la campagne. À l'époque, je me souviens, je chantais dans une chorale. Mais je ne pouvais pas gagner ma vie à la campagne.

– S'il vous plaît… s'il vous plaît, s'il vous plaît, dit Digory. Le Lion s'éloigne. Il faut absolument que je lui parle.

– Écoute, Fraise, poursuivit le cocher. Ce jeune homme a quelque chose à dire au Lion, celui que vous appelez Aslan. Si tu le laissais te monter et que tu l'amenais au trot jusqu'au Lion ? Je suis sûr qu'il apprécierait. Comme ça, moi et la petite fille, on vous suivrait.

– Qu'il me monte ? demanda Fraise. Ah ! oui, ça y est, je me souviens. Ça veut dire qu'il s'assied sur mon dos. Je me rappelle qu'à l'époque il y avait un petit être à deux pattes qui faisait pareil, mais il y a très longtemps. Il me donnait des morceaux d'un truc dur et blanc. Ça avait un goût… hum… merveilleux, meilleur que l'herbe.

– Oui, c'était sûrement du sucre, répondit le cocher.

– S'il te plaît, Fraise, supplia Digory. Je t'en prie, laisse-moi monter et emmène-moi voir Aslan.

– Bon, d'accord, répondit le cheval. Pour une fois. Allez, lève-toi.

– Mon bon vieux Fraise, dit le cocher. Viens, mon petit gars, je vais t'aider à monter.

Digory s'installa sans problème sur le dos de Fraise car il avait déjà monté à cru son poney.

– Allez, vas-y, Fraise, dit-il.

– Tu n'aurais pas par hasard un morceau de ce truc blanc sur toi ?

– Malheureusement, non.

– Bon, tant pis, on n'y peut rien, conclut Fraise, et tous deux s'en allèrent.

– Regardez, intervint un gros bouledogue qui observait la scène en reniflant. Il n'y aurait pas une autre de ces créatures bizarres là-bas, près du fleuve, sous les arbres ?

Les animaux détournèrent le regard et virent l'oncle Andrew immobile au milieu des rhododendrons, n'espérant qu'une chose, ne pas se faire remarquer.

– Venez ! s'écrièrent plusieurs voix. Allons voir ce que c'est.

Ainsi, tandis que Fraise trottinait avec Digory dans un sens (suivis par Polly et le cocher, à pied), la majorité des créatures se précipitèrent dans l'autre sens, du côté de l'oncle Andrew, en rugissant, aboyant, grognant et poussant toutes sortes de cris exprimant leur enthousiasme et leur curiosité.

À présent il nous faut revenir un peu en arrière et décrire toute cette scène du point de vue de l'oncle Andrew, qui ne voyait pas tout à fait les choses comme les enfants et le cocher. En effet, ce que vous voyez et entendez dépend non seulement de l'endroit où vous êtes, mais du genre de personne que vous êtes.

Depuis l'apparition des animaux, l'oncle Andrew reculait de plus en plus profond à l'intérieur du bosquet. Naturellement, il les observait avec le plus grand intérêt, pas tant pour savoir ce qu'ils faisaient d'ailleurs que pour être sûr qu'ils n'allaient pas se précipiter sur lui. Il était comme la sorcière, il avait un sens pratique à toute épreuve. Il n'avait pas remarqué qu'Aslan avait choisi des animaux deux par deux parmi chaque espèce. Tout ce qu'il voyait, ou croyait qu'il voyait, c'était un immense troupeau d'animaux sauvages et dangereux qui se déplaçait autour de lui, mais il ne comprenait pas pourquoi ces animaux n'essayaient pas de fuir cet énorme lion.

Déjà, lorsque les Bêtes s'étaient mises à parler, il n'avait rien compris, et cela pour une raison assez intéressante. Dès le début, il savait que la note qu'ils entendaient était un chant, mais un chant qu'il n'appréciait pas du tout, car il lui faisait penser et ressentir des choses qu'il ne voulait ni penser ni ressentir. Quand il avait vu que c'était un lion qui chantait, il avait essayé de se persuader que ce n'était pas un véritable chant mais un simple rugissement, comme un lion dans un zoo. « Il ne peut pas chanter, pensait-il, ça doit être moi qui me fais des illusions. Je me suis laissé impressionner. A-t-on jamais entendu parler d'un lion qui chante ? »

Plus le lion chantait, plus son chant était beau, plus l'oncle Andrew essayait de se persuader que c'était un rugissement. Or le problème, si vous essayez de vous rendre encore plus sot que vous ne l'êtes déjà, c'est que vous avez toutes les chances d'y arriver assez facilement. C'était le cas de l'oncle Andrew : bientôt, il n'entendit qu'un long rugissement.

Ainsi, quand le Lion finit par parler et dit : « Narnia, réveille-toi », il n'entendit qu'un grognement. Et quand les bêtes répondirent en chœur, il n'entendit qu'un concert d'aboiements, de grognements, de braiments et de hurlements. Alors quand elles éclatèrent de rire, vous imaginez… C'était ce qu'il pouvait arriver de pire à l'oncle Andrew. Jamais il n'avait entendu une telle cacophonie de cris de bêtes affamées et enragées.

C'est à ce moment-là qu'il eut la stupeur de voir les trois autres s'approcher des animaux.

« Quels crétins ! se dit-il. Ces grosses brutes vont dévorer les bagues avec les enfants et je ne pourrai plus jamais rentrer. Ce Digory n'est qu'un sale égoïste ! Quant aux autres, ils ne valent pas mieux. S'ils ont envie de ficher leur vie en l'air, ça les regarde. Mais moi ? Ils m'ont complètement oublié. Personne ne pense à moi. »

Si bien qu'à peine vit-il la foule des animaux se précipiter sur lui, qu'il prit ses jambes à son cou et s'enfuit pour sauver sa peau. Occasion unique pour apprécier la qualité de l'air de ce nouveau monde ! À Londres il était beaucoup trop âgé pour courir, mais là, il aurait remporté haut la main le cent mètres de n'importe quelle compétition scolaire en Angleterre. Sa queue-de-pie voltigeant derrière lui était comique à voir ! Hélas, il ne servait à rien de courir. La plupart des animaux qui le poursuivaient étaient extrêmement rapides, en plus, c'était la première fois qu'ils avaient l'occasion de courir et d'utiliser leurs jeunes muscles.

« À l'assaut ! à l'assaut ! hurlaient-ils. C'est peut-être le fameux Nal. Taïaut ! Arrêtez-le, encerclez-le. Allez ! Hourrah ! »

Les plus rapides le dépassèrent pour former une barre destinée à lui couper la route, tandis que les autres vinrent l'encercler par-derrière. Où qu'il tournât son regard, le spectacle était terrifiant : il avait au-dessus de lui des bois d'élans et l'énorme gueule d'un éléphant ; derrière lui des sangliers et des ours à la mine sévère qui grognaient ; devant lui des léopards et des panthères qui le fixaient avec un air tranquillement sarcastique (d'après lui) en agitant la queue. Jamais il n'avait vu autant de gueules ouvertes. En fait, c'était parce que les animaux reprenaient leur souffle, mais il était persuadé que c'était parce qu'ils voulaient le dévorer. Et il était là, au milieu d'eux, tremblant et oscillant d'un pied sur l'autre.

L'oncle Andrew n'avait jamais aimé les animaux, ils lui faisaient plutôt peur. Mais depuis qu'il faisait sur eux toutes sortes d'expériences cruelles, il les craignait et les détestait encore plus.

– Mon cher, intervint le bouledogue sur un ton d'homme d'affaires, êtes-vous un animal, un végétal ou un minéral ?

L'oncle Andrew n'entendit qu'un immense « G-r-r-r-a-h ! »

CHAPITRE 11

Digory et son oncle sont dans le pétrin

Vous pensez sans doute que les animaux étaient trop idiots pour comprendre que l'oncle Andrew appartenait à la même espèce que les deux enfants et le cocher. Mais n'oubliez pas qu'ils ne connaissaient pas les vêtements. Pour eux, la robe de Polly, l'uniforme de Digory ou le chapeau melon du cocher faisaient partie du corps de chacun, au même titre que leurs plumes et leur fourrure. Jamais ils n'auraient imaginé qu'ils appartenaient à la même espèce s'ils n'avaient pas parlé et si Fraise ne le leur avait pas suggéré. En outre, l'oncle Andrew était nettement plus grand que les enfants et pas mal plus mince que le cocher. Il était entièrement vêtu de noir, excepté son gilet (qui n'était plus si blanc), et sa crinière de cheveux (complètement hirsute) ne ressemblait en rien à ce qu'ils avaient vu sur les trois autres êtres humains. Il était donc parfaitement naturel qu'ils fussent intrigués.

Pire que cela, l'oncle Andrew semblait incapable de parler. Il avait essayé, pourtant. Quand le bouledogue lui avait adressé la parole (ou, selon sa version, quand il avait grondé et grogné contre lui), il avait tendu une main tremblante et bredouillé : « Bon chien-chien, hein, mon vieux bougre. » Mais les bêtes n'avaient rien compris, elles n'entendaient qu'un vague grésillement insignifiant – ce qui n'était peut-être pas plus mal, car aucun des chiens que j'ai connus, surtout ceux de Narnia, n'aime qu'on le traite de « bon chien-chien », pas plus que vous, vous n'aimeriez qu'on vous traite de « mon petit coco ».

À ce moment-là, l'oncle Andrew s'évanouit, comme mort.

– C'est ça ! s'exclama un phacochère, c'est bien ce que je pensais, c'est tout bêtement un arbre. (N'oubliez pas qu'ils n'avaient jamais vu un évanouissement ni même une chute.)

Le bouledogue, qui s'était approché pour renifler l'oncle Andrew, leva la tête et affirma :

– Non, c'est un animal. Sans doute de la même espèce que les autres.

– Je ne pense pas, dit l'un des ours. Un animal ne s'écroulerait pas comme ça. Regardez-nous, nous ne nous écroulons pas, nous tenons sur nos pattes. Comme ça, ajouta-t-il en se hissant sur ses pattes arrière et en reculant avant de trébucher sur une branche et de s'étaler sur le dos.

– La troisième histoire drôle, la troisième histoire drôle ! s'exclama le choucas, surexcité.

– Je suis sûr que c'est une espèce d'arbre, reprit le phacochère.

— Si c'est un arbre, dit le second ours, il y a peut-être un nid d'abeilles à l'intérieur.

— Ce n'est certainement pas un arbre, dit le castor. J'ai l'impression qu'il a essayé de dire quelque chose avant de s'affaler.

— C'était le bruit du vent qui soufflait entre ses branches, dit le phacochère.

— Tu ne vas quand même pas me dire que tu crois que c'est un animal qui parle, lui répondit le choucas. Il n'a pas dit un seul mot.

— Oh, tu sais, interrompit l'éléphant (la femelle bien sûr, son mari, rappelez-vous, avait été convié par Aslan à le suivre), il se pourrait bien que ce soit une espèce d'animal. Cette boule blanchâtre, ça ne pourrait pas être un genre de tête ? Et ces trous, des yeux et une bouche ? Pas de nez, bien sûr… enfin, là-dessus, il faut avoir l'esprit ouvert. Très peu d'animaux possèdent ce que l'on pourrait vraiment appeler un nez, ajouta-t-elle en longeant du regard sa trompe et en louchant, non sans une certaine – et compréhensible – fierté.

– Je m'oppose fermement à cette remarque, rétorqua le bouledogue.

– L'éléphant a entièrement raison, dit le tapir.

– Vous savez quoi ? intervint l'âne d'un ton vif, c'est peut-être un animal qui croit qu'il peut parler.

– Et si nous lui demandions de se relever ? suggéra l'éléphant d'un air songeur.

Elle prit délicatement par la trompe la chose informe qu'était l'oncle Andrew et le retourna sur le côté. Ce faisant, plusieurs pièces de monnaie tombèrent de sa poche. Mais c'était inutile, l'oncle Andrew s'effondra de nouveau.

– Vous voyez ! s'écrièrent plusieurs voix. Ce n'est pas un animal. Il n'est pas vivant.

– Puisque je vous dis que c'est un animal, reprit le bouledogue. Il suffit de le renifler.

– L'odeur ne dit pas tout, objecta l'éléphant.

– D'accord, répondit le bouledogue, mais si on ne peut plus se fier à son nez, je me demande à quoi on peut se fier.

– À sa cervelle, par exemple, répliqua-t-elle sur-le-champ.

– Je m'oppose fermement à cette remarque, répéta le bouledogue.

– En tout cas, il faut faire quelque chose, dit l'éléphant. Car si c'est un nal, il faut le montrer à Aslan. Qu'en pense la majorité ? Est-ce un animal ou une espèce d'arbre ?

– Un arbre ! Un arbre ! s'élevèrent une douzaine de voix.

– Très bien, dit l'éléphant. Si c'est un arbre il a besoin d'être planté. Il faut creuser un trou.

En deux temps, trois mouvements, les deux taupes avaient fait le nécessaire.

Il y eut encore quelques remous quand il s'agit de savoir dans quel sens il fallait le planter, et l'oncle Andrew échappa de justesse à la position la tête la première. Plusieurs animaux pensaient que ses jambes étaient des branches, par conséquent cette chose grise et ébouriffée (la tête) devait être les racines. D'autres soutenaient que les racines étaient cette partie en forme de fourche, plus terreuse et plus allongée. Finalement, il fut planté dans le bon sens, et quand ils eurent bien tassé la terre, il en avait jusqu'aux genoux.

– Il a l'air complètement fané, dit l'âne.

– Évidemment, il a besoin d'être arrosé, répondit l'éléphant. Là, je dois dire – sans vouloir offenser quiconque ici – que, pour ce genre de travail, mon espèce particulière de nez…

– Je m'oppose fermement à cette remarque, objecta le bouledogue.

Cependant l'éléphant descendit tranquillement vers le fleuve, remplit sa trompe d'eau et remonta s'occuper de l'oncle Andrew. Dans sa sagacité, l'animal se mit à déverser des litres et des litres d'eau, jusqu'à ce que des torrents d'eau ruissellent de la redingote de l'oncle Andrew qui avait l'air de sortir d'un bain tout habillé. Enfin, cela le ramena à la vie. Il se réveilla… et quel réveil !

Mais laissons-le réfléchir tout seul aux événements (à supposer qu'il soit capable de réflexion) pour nous tourner vers des choses plus importantes.

Notre ami Fraise avait continué à trotter avec Digory jusqu'à ce qu'ils n'entendent plus les cris des animaux : ils n'étaient plus très loin du petit groupe formé par Aslan et ses conseillers choisis. Digory savait qu'il était impossible d'interrompre une réunion aussi solennelle, mais il n'en eut pas besoin. Un seul mot d'Aslan, et l'éléphant, les corbeaux et les autres animaux le laissèrent passer. Digory descendit du cheval et se retrouva face à face avec Aslan. Le lion était encore plus imposant, plus beau et plus terrifiant que ce qu'il croyait, et son pelage mordoré encore plus éclatant. Digory n'osait pas le regarder droit dans les yeux.

– S'il vous plaît… monsieur le Lion… Aslan… monsieur, bredouilla-t-il, auriez-vous l'amabilité… pourrais-je… s'il vous plaît, me donneriez-vous quelques fruits magiques de Narnia pour soigner ma mère ?

Il espérait tant que le Lion réponde « oui » et craignait tant qu'il ne réponde « non » qu'il fut pris de

court de voir que le Lion ne répondit ni l'un ni l'autre.

– Voilà le garçon, dit Aslan, le regard tourné non pas vers Digory mais vers ses conseillers. Voilà le garçon qui a tout déclenché.

« Mon Dieu, songea Digory, qu'est-ce que j'ai encore fait ? »

– Fils d'Adam, dit le Lion, une sorcière maléfique sévit dans notre nouveau monde. Raconte à ces honorables bêtes comment elle est arrivée ici.

Aussitôt, Digory entrevit plusieurs explications possibles, heureusement, il eut assez de bon sens pour ne dire que la stricte vérité.

– C'est moi qui l'ai amenée, Aslan, répondit-il à mi-voix.

– Dans quel but ?

– Je voulais la chasser de mon monde et la ramener chez elle.

– Comment se fait-il qu'elle était dans ton monde, fils d'Adam ?

– A... à cause de la Magie.

Le Lion ne dit rien et Digory comprit qu'il n'en avait pas assez dit.

– C'est mon oncle, Aslan, il nous a envoyés hors de notre monde grâce à des bagues magiques. Ou plutôt, il a d'abord envoyé Polly, et ensuite j'ai été obligé d'aller la chercher.

Plus tard, nous avons rencontré la sorcière dans un endroit appelé Charn et elle s'est accrochée à nous lorsque...

– Comment cela, vous avez rencontré la sorcière ? demanda Aslan dont la voix grave trahissait un grognement menaçant.

– Elle s'est réveillée, répondit Digory qui n'en menait pas large, avant d'ajouter, blanc comme un linge : Je veux dire, je l'ai réveillée. Je voulais savoir ce qui arriverait si je frappais sur une cloche. Mais Polly ne voulait pas, ce n'est pas sa faute. Je... je me suis disputé avec elle. Je crois que j'étais un peu envoûté par l'inscription sous la cloche.

– Vraiment ? demanda Aslan, la voix toujours aussi grave.

– Non, aujourd'hui je comprends que c'est faux. Je faisais semblant de l'être.

Une longue pause se fit, pendant laquelle Digory ne cessait de se dire : « J'ai tout gâché. Je n'ai plus aucune chance de ramener quoi que ce soit pour maman. »

– Vous voyez, chers amis, reprit le Lion en s'adressant aux animaux, avant même que le monde nouveau et pur que je vous ai offert n'ait plus de sept heures, une force du mal a déjà pénétré en lui, réveillée et amenée jusqu'ici par ce fils d'Adam.

Toutes les bêtes, y compris Fraise, tournèrent le regard vers Digory, qui aurait préféré disparaître sous terre.

– Mais ne vous laissez pas abattre, reprit Aslan, s'adressant toujours aux bêtes. Le mal engendre le mal mais il est encore loin et je veillerai personnellement à prendre en charge le pire. Entre-temps, tâchons de faire en sorte que Narnia demeure une terre heureuse dans un monde heureux, pour des centaines et des centaines d'années à venir encore. Enfin, puisque ce sont les fils d'Adam qui ont commis ce tort, ce sont eux qui aideront à le redresser. Approchez, vous deux.

Ces derniers mots s'adressaient à Polly et au cocher qui venaient d'arriver. Le regard fixé sur Aslan, bouche bée, Polly serrait la main du cocher très fort. Quant à lui, il jeta un rapide coup d'œil sur le Lion et retira immédiatement son chapeau melon. Tête nue, il paraissait beaucoup plus jeune et sympathique, car il avait bien plus l'air d'un homme de la campagne que d'un chauffeur de taxi londonien.

– Mon fils, dit Aslan au cocher, je te connais depuis longtemps. Me reconnais-tu ?

– Euh, non, non, monsieur, répondit-il. En tout cas, pas au sens ordinaire. Cela dit, j'ai l'impression, si je puis me permettre, que nous nous sommes déjà rencontrés.

– C'est bien, dit le Lion. Tu en sais plus que tu ne le penses, et tu vivras afin d'apprendre à me connaître. Cette terre te plaît-elle ?

– C'est un vrai bonheur, monsieur.

– Aimerais-tu vivre ici à jamais ?

– C'est que, voyez-vous, cher monsieur, je suis marié. Mais si mon épouse vivait ici avec moi, ni elle ni moi ne souhaiterions retourner vivre à Londres, j'en suis certain. Nous sommes tous les deux de la campagne.

Aslan secoua sa crinière, ouvrit la gueule et émit une longue et unique note chargée d'une infinie puissance. Aussitôt Polly sentit son cœur bondir. Elle savait que c'était un appel, et quiconque l'entendrait souhaiterait y répondre et s'en donner les moyens (ce qui était encore plus important), quel que soit le nombre de mondes et de siècles qui le séparent de cet appel. Aussi fut-elle ravie, mais ni étonnée ni choquée, lorsque tout à coup une jeune femme au visage bon et honnête apparut de nulle part à ses côtés. Elle avait reconnu la femme du cocher, convoquée ici non pas au moyen d'un savant jeu de bagues mais avec toute la rapidité, la légèreté et la délicatesse d'un oiseau rejoignant son nid.

La jeune femme avait dû être surprise au milieu d'une journée de lessive car elle portait un tablier et avait encore les manches retroussées aux coudes et de la mousse de savon sur les mains. Mais elle était plutôt bien, sans doute même mieux que si elle avait mis sa tenue du dimanche – dont son plus beau chapeau, décoré de fausses cerises.

Naturellement, elle se croyait en plein rêve, c'est pourquoi elle ne se précipita pas tout de suite vers son mari pour lui demander ce qui se passait. En observant le Lion, elle commença à douter que cela fût un rêve et, curieusement, se sentit rassurée. Elle fit une petite révérence, comme certaines filles de la campagne savaient encore le faire à cette époque, prit la main de son époux et, sans bouger, jeta un regard timide autour d'elle.

– Mes enfants, dit Aslan, vous êtes destinés à être les premiers Roi et Reine de Narnia.

Le cocher ouvrit grande la bouche de stupéfaction et son épouse rougit violemment.

– Vous régnerez sur Narnia et donnerez un nom à toutes ces créatures, vous les protégerez de leurs ennemis et vous rendrez la justice. En effet, vous aurez des ennemis car il existe dans ce monde une sorcière maléfique.

– Je vous demande pardon, dit le cocher, la gorge serrée, mon épouse et moi-même, nous vous remercions du fond du cœur, mais je ne pense pas que je suis le genre de type qui conviendrait pour ce style de job. Je n'ai pas fait d'études, vous comprenez.

– Bien, répondit Aslan, sais-tu manier la bêche et la charrue et cultiver la terre ?

– Oui, monsieur, ce genre de travail, ça pourrait m'aller, je connais.

– Es-tu capable de gouverner ces créatures avec clémence et justice, sachant que ce ne sont pas des esclaves, comme les bêtes muettes dans le monde où tu es né, mais des bêtes qui parlent et des sujets libres ?

– Je comprends, monsieur, je tâcherai d'être aussi honnête que possible.

– Saurais-tu apprendre à tes enfants et à tes petits-enfants à faire de même ?

– Faudrait que j'essaye, monsieur. Je ferai de mon mieux, tu ne crois pas, Nellie ?

– Et tu n'aurais pas de favoris, ni parmi tes enfants, ni parmi les autres créatures. Tu ne laisserais personne exploiter ni maltraiter son prochain ?

– Je suis incapable de prendre de tels engagements, monsieur, en toute sincérité. Les gens auront ce qu'ils méritent, répondit le cocher, dont la voix était de plus en plus posée et profonde, plus proche de celle d'un homme de la campagne que de la voix sèche et saccadée d'un vieux Londonien des faubourgs.

– Le jour où des ennemis se dresseront contre notre pays et qu'il y aura la guerre, seras-tu le premier à t'élever contre eux et le dernier à faire retraite ?

– C'est difficile à dire tant qu'on n'a pas été mis à l'épreuve. Mais il y a des chances que je sois plutôt conciliant. Je ne me suis jamais vraiment battu, sauf à coups de poing. J'essayerai, enfin, disons que j'espère que j'essayerai de faire de mon mieux.

– Ainsi, tu auras accompli tout ce qu'un Roi doit accomplir. Ton couronnement aura lieu bientôt. Toi, tes enfants et tes petits-enfants, vous serez consacrés Roi et Reine. Certains seront Rois de Narnia, d'autres seront Rois d'Archenland, une région située plus loin, au-delà des montagnes du sud. Quant à toi, petite fille, dit-il en se tournant vers Polly, sois la bienvenue.

As-tu pardonné à ton ami la façon dont il t'a traitée devant la salle des Images du palais de Charn, la cité maudite ?

– Oui, Aslan, nous nous sommes réconciliés.

– C'est bien. À présent, occupons-nous du garçon.

CHAPITRE 12
Le voyage de Fraise

Digory n'avait pas desserré les dents. Il était de plus en plus mal à l'aise. Quoiqu'il arrive, il espérait surtout ne pas faire de gaffes ni quoi que ce soit de ridicule.

– Fils d'Adam, dit Aslan, es-tu prêt à réparer le mal que tu as fait à ma douce terre de Narnia le jour même de sa naissance ?

– C'est que… je ne vois pas très bien ce que je peux faire. Vous comprenez, la reine s'est enfuie et…

– Je t'ai demandé, es-tu prêt ?

Digory eut un instant d'égarement et faillit répondre : « Je tâcherai de vous aider si vous me promettez d'aider ma mère », mais il se ressaisit à temps, comprenant que le Lion n'était pas tout à fait le genre à accepter de marchander.

– Oui, répondit-il, et au moment même, il pensa à sa mère et tous ses espoirs s'évanouirent.

La gorge serrée et les larmes aux yeux, il balbutia :

– Mais… s'il vous plaît, je vous en prie… vous ne pourriez pas… vous ne pouvez pas me donner quelque chose qui guérirait maman ?

Au comble du désespoir, il leva les yeux et planta son regard dans celui du Lion. Avec stupeur, il vit la tête du Lion inclinée vers la sienne : d'immenses larmes brillaient dans ses yeux, des larmes si grosses, si brillantes, qu'il crut que le Lion était plus ému que lui-même.

– Mon fils, mon cher fils, je sais. C'est un immense chagrin que seuls toi et moi partageons. Il faut donc que nous soyons solidaires. Mais il faut aussi que je veille au futur de Narnia pour des centaines d'années à venir.

Un jour, la sorcière que tu as amenée reviendra. J'ai donc décidé de planter un arbre dont elle n'osera s'approcher, qui protégera Narnia de son pouvoir pendant un certain nombre d'années. Cette terre connaîtra alors une longue et lumineuse aurore jusqu'au jour où les nuages viendront assombrir le ciel. Mais c'est à toi de m'apporter la graine à partir de laquelle cet arbre est destiné à pousser.

– Oui, monsieur.

Digory ne savait pas comment il ferait, pourtant il avait la certitude qu'il y parviendrait. Le Lion prit une profonde inspiration, inclina encore la tête et lui déposa un baiser de Lion. Aussitôt Digory se sentit pénétré par une force et un courage neufs.

– Mon cher fils, reprit Aslan, je vais te dire ce que tu dois faire. Retourne-toi et regarde à l'ouest, et dis-moi ce que tu vois.

– Je vois d'immenses montagnes, Aslan. Je vois le fleuve qui dévale les versants escarpés comme une cascade, et derrière, de grands monts verdoyants couverts de forêts. Au-delà, des chaînes encore plus hautes, presque noires, dominées par une couronne de sommets couverts de neiges éternelles, comme sur les gravures des Alpes. Enfin, en arrière-plan, le ciel.

– Tu as une bonne vue, dit le Lion. Alors voilà : la cascade est la frontière du pays de Narnia. Au-delà de ces escarpements, tu es sur les terres sauvages de l'Ouest. Tu devras donc franchir ces montagnes jusqu'à ce que tu découvres une vallée verte entourée de glaciers, avec un lac bleu au milieu. De l'autre côté du lac se dresse une colline verdoyante aux flancs raides. Au sommet de cette colline se trouve un jardin et, au cœur de ce jardin, un arbre. Cueille une pomme sur cet arbre et ramène-la-moi.

– Oui, monsieur.

Digory n'avait pas la moindre idée de la façon dont il pourrait se repérer au milieu de ces chaînes de montagnes ni gravir cette pente, mais il préféra ne rien dire pour ne pas avoir l'air de se défiler. Il se contenta de répondre :

– J'espère que vous n'êtes pas trop pressé, Aslan. Il me faudra du temps pour y arriver et pour revenir.

– Fils d'Adam, tu es jeune, tu auras de l'aide.

À cet instant, le Lion se tourna vers le cheval qui se tenait coi, agitant la queue pour chasser les mouches et écoutant, la tête penchée, comme s'il avait du mal à suivre la conversation.

– Mon cher, reprit Aslan à l'adresse du cheval, aimerais-tu avoir des ailes ?

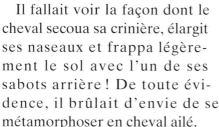

Il fallait voir la façon dont le cheval secoua sa crinière, élargit ses naseaux et frappa légèrement le sol avec l'un de ses sabots arrière ! De toute évidence, il brûlait d'envie de se métamorphoser en cheval ailé.

– Si vous le souhaitez, Aslan, répondit-il simplement, si vous le voulez vraiment... mais il n'y a aucune raison que ce soit moi... je ne suis pas particulièrement intelligent.

– Que tes ailes soient. Que tu sois le père de tous les chevaux volants, rugit Aslan d'une voix qui fit trembler la terre. Désormais ton nom est Fledge.

Le cheval se cabra, comme à l'époque pénible mais révolue où il tirait un fiacre. Il poussa un long cri puis

étira son cou en arrière comme si une mouche lui mor-
dillait l'épaule et le démangeait. Soudain, de même
que les bêtes étaient apparues hors de la terre, d'immenses ailes apparurent et se déployèrent sur ses
épaules, couvertes de plumes aux tons chatoyants
bruns et cuivrés. Elles étaient plus larges que des ailes
d'aigle, plus larges que des ailes de cygne, plus larges
que les ailes des anges sur les vitraux des églises.

Le cheval balaya l'espace avec ses nouvelles ailes,
bondit, s'ébroua, hennit et décrivit plusieurs courbes à
quelque six mètres au-dessus d'Aslan et Digory. Puis,
après avoir fait plusieurs cercles autour d'eux, il
retomba sur ses quatre sabots, la mine embarrassée et
surprise, mais profondément heureux.

– C'était bien, Fledge ? demanda Aslan.

– Très bien, Aslan.

– Es-tu prêt à transporter ce jeune fils d'Adam sur
ton dos jusqu'à la vallée dont j'ai parlé ?

– Comment ça ? Maintenant ? Tout de suite ?
demanda Fraise – ou plutôt Fledge, comme il nous faudrait à présent l'appeler. Allez ! Viens mon petit, ce
n'est pas la première fois que je transporte des êtres
comme toi. J'ai connu ça il y a très longtemps, à
l'époque où il y avait du sucre et des prairies vertes.

– Mais que chuchotent les deux filles d'Ève ?
demanda Aslan en se retournant brusquement du côté
de Polly et de la femme du cocher qui s'entendaient
parfaitement.

– Si vous le permettez, dit la reine Hélène (c'était
désormais le titre de Nellie, la femme du cocher), je

crois que la petite fille brûle d'envie d'accompagner son ami, si cela ne pose pas de problèmes.

– Qu'en dit notre ami Fledge ? répondit Aslan.

– Oh ! deux, ça me va, du moment qu'ils ne sont pas trop gros. J'espère que l'éléphant n'a pas l'intention de venir.

L'éléphant n'en ayant aucunement l'intention, le nouveau Roi de Narnia aida les enfants à monter. Il souleva brusquement Digory, puis déposa Polly avec autant de délicatesse que si elle avait été une poupée de porcelaine prête à se briser.

– Voilà, mon Fraise, ou plutôt Fledge, dit le cocher. Quel drôle d'attelage…

– Ne vole pas trop haut, recommanda Aslan. N'essaie pas de survoler les neiges éternelles. Tâche de suivre les vallées et les passages plus verdoyants. Tu trouveras toujours un moyen de passer. À présent, allez-y, vous avez ma bénédiction.

– Mon cher Fledge ! s'écria Digory en se penchant pour tapoter son cou lustré, nous allons bien nous amuser. Toi, Polly, accroche-toi fort à moi.

Aussitôt la campagne à leurs pieds disparut dans un tourbillon tandis que Fledge, tel un immense pigeon, décrivait plusieurs cercles avant de décoller et prendre son envol en direction de l'ouest. Polly baissa le regard et put à peine distinguer le Roi et la Reine ; même Aslan ne formait plus qu'une tache jaune et brillante au milieu de l'herbe verte. Bientôt, ils eurent le vent dans la figure et les ailes de Fledge se mirent à battre à un rythme régulier.

En contrebas s'étendait le pays de Narnia, comme un vaste tapis aux nuances variées, couvert de prairies, de roches, de lande, de différentes espèces d'arbres, et parcouru par le fleuve qui serpentait tel un ruban de mercure. Sur leur droite, au nord, ils arrivaient déjà à voir une immense lande qui montait doucement vers l'horizon. À gauche, les montagnes étaient beaucoup plus hautes, ponctuées d'échappées qui permettaient d'apercevoir, entre des forêts de pins escarpées, les terres du Sud qui se déployaient dans les tons bleus.

– Ça doit être Archenland, dit Polly.

– Oui mais regarde devant toi !

Une immense barre rocheuse se dressait devant eux et ils furent éblouis par la lumière du soleil qui se réfléchissait sur la cascade dévalant des glaciers. Ils volaient déjà tellement haut que le grondement des chutes d'eau était réduit à un imperceptible filet sonore, mais ils n'étaient pas encore assez haut pour pouvoir survoler la barre rocheuse.

– Il va falloir faire quelques zigzags, dit Fledge. Accrochez-vous bien.

Le cheval se mit alors à décrire des courbes de droite et de gauche, gagnant chaque fois un peu plus de hauteur. La température de l'air refroidissait et ils entendirent soudain l'appel d'aigles en contrebas.

– Regarde ! Regarde derrière ! s'exclama Polly.

Ils dominaient toute l'étendue de la vallée de Narnia et distinguaient même une tache où brillait le reflet de la mer, près de l'horizon, à l'est. Ils étaient si haut qu'ils aperçurent une fine crête montagneuse déchiquetée se

détacher au-delà de la lande, au nord-ouest, et devinè-
rent des plaines de ce qui devait être du sable, au sud.

– Si seulement quelqu'un pouvait nous dire ce que
c'est, soupira Digory.

– À mon avis personne, répondit Polly. Je veux dire,
personne n'habite sur ces terres et il ne s'y passe rien.
C'est un monde neuf, qui ne date que d'aujourd'hui.

– Oui, mais il y a forcément des gens qui vont venir.
Et après ils auront une histoire, tu vois ce que je veux
dire.

– Bah ! ce n'est pas plus mal qu'ils n'aient pas d'histoire. Comme ça on ne peut forcer personne à l'apprendre : les batailles, les dates et tous ces trucs à la
noix !

Ils passèrent la barre rocheuse et la vallée de Narnia
disparut de leur vue. Ils survolaient une terre sauvage
marquée par des coteaux abrupts et des forêts
sombres, suivant toujours le cours du fleuve. Les plus
hautes montagnes se profilèrent devant eux, mais le
soleil en face les empêchait d'avoir une vision nette
car il descendait de plus en plus bas et transformait le
ciel à l'ouest en une gigantesque fournaise d'or en
fusion. Quelques instants plus tard, il se couchait derrière une aiguille qui se détachait contre ce tableau
lumineux comme une silhouette découpée dans du
carton.

– Il ne fait pas chaud, dit Polly.

– Non, et je commence à avoir mal aux ailes, répondit Fledge. Je ne vois pas le moindre signe de vallée ni
de lac qui corresponde à la description d'Aslan. Si

nous redescendions un peu pour trouver un lieu correct où passer la nuit ? De toute façon nous n'atteindrons pas la vallée ce soir.

– D'accord, en plus il est sûrement l'heure de dîner, non ? approuva Digory.

Fledge commença alors sa descente. La température de l'air se réchauffait, et après un si long voyage où seul résonnait le battement des ailes de Fledge, il était agréable de redécouvrir les bruits familiers de la terre – tels le grondement du fleuve sur son lit rocailleux ou le bruissement des arbres sous la brise légère. Le parfum doux et chaleureux de la terre baignée de soleil monta jusqu'à eux, mêlé aux senteurs de l'herbe verte et des fleurs. Enfin, Fledge atterrit et Digory sauta à terre avant d'aider Polly à descendre, tous deux ravis de pouvoir se dégourdir les jambes.

Ils étaient dans une vallée nichée au cœur de montagnes couronnées de neiges éternelles, parmi lesquelles se détachait un sommet rouge-rose éclairé par le soleil couchant.

– J'ai faim ! s'exclama Digory.

– Tiens, prends, dit Fledge en arrachant une grosse touffe d'herbe.

Puis il releva la tête, de l'herbe plein la bouche, et dit avec de belles moustaches vertes :

– Allez, ne soyez pas timides. Il y en a largement assez pour tout le monde.

– Mais nous ne mangeons pas d'herbe, répondit Digory.

– Hum, hum, dit Fledge, la bouche pleine. Bon… hum… je ne sais pas ce que vous allez faire dans ce cas-là. Dommage, elle est très bonne.

Polly et Digory se regardaient, désarmés.

– Je trouve que quelqu'un aurait dû nous préparer un repas, ajouta Digory.

– Je suis sûr qu'Aslan l'aurait fait si vous le lui aviez demandé, dit Fledge.

– Il ne pouvait pas deviner tout seul ? demanda Polly.

– Si, sûrement, répondit le cheval (la bouche toujours pleine). Mais à mon avis il préfère qu'on le lui demande.

– Alors qu'est-ce qu'on fait ? demanda Digory.

– Ça, je n'en ai pas la moindre idée. À moins que vous essayiez l'herbe. Vous trouverez ça peut-être meilleur que vous ne le pensez.

– Ne fais pas l'idiot, dit Polly en frappant du pied. Tu sais bien que les êtres humains ne mangent pas d'herbe, pas plus que tu ne manges de côtelettes d'agneau.

– Par pitié, ne parle pas de côtelettes, interrompit Digory, c'est encore pire.

Il lui proposa de rentrer dîner chez elle avec les bagues, mais sans lui, car il devait rester afin d'accomplir la mission d'Aslan. S'il rentrait, il pouvait lui arriver n'importe quoi, qui l'empêcherait de revenir. Polly répondit qu'elle ne voulait pas l'abandonner, et Digory dit qu'il appréciait.

– Écoute, dit Polly, j'ai un vieux paquet de caramels dans la poche. C'est déjà mieux que rien.

– Beaucoup mieux même. Mais fais attention à ne pas toucher la bague en mettant la main dans la poche.

C'était une opération délicate mais ils finirent par y arriver. La pochette en papier était tellement fripée et collante qu'ils avaient plus l'impression d'essayer d'attraper le paquet au milieu de caramels que d'attraper un caramel au milieu du paquet. Plus d'un adulte aurait préféré se passer de dîner plutôt que d'avoir à avaler ces caramels (vous savez à quel point ils sont maniaques de ce point de vue-là)!

Il y avait neuf caramels en tout, mais Digory eut une idée brillante : chacun en mangerait quatre et l'on planterait le neuvième. « En effet, expliqua-t-il, si la barre du réverbère s'est transformée en arbre de lumière, pourquoi est-ce qu'un caramel ne se transformerait pas en arbre à caramels ? » Ils creusèrent un petit trou dans le gazon pour y enfouir un caramel et mangèrent les autres en tâchant de les faire durer aussi

longtemps que possible. C'était un bien maigre repas, même avec tout le papier qu'ils ne pouvaient s'empêcher d'avaler !

Lorsque Fledge eut fini son délicieux dîner, il s'allongea, et les enfants allèrent se blottir de chaque côté contre son corps tiède, protégés et bien au chaud sous ses ailes déployées. Étendus sous la voûte étoilée de ce nouveau monde, tous trois commencèrent à discuter et commenter les événements, en particulier la mission de Digory qui espérait tant ramener quelque chose pour sa mère. Ils ne cessaient de se rappeler les signes qui devaient leur permettre de reconnaître le lac bleu, la colline et le jardin. La discussion commençait à peine à ralentir et nos trois amis s'assoupissaient, quand soudain Polly se redressa, les yeux grands ouverts, et murmura : « Chut ! »

Tous trois tendirent l'oreille.

– C'est le vent dans les arbres, dit aussitôt Digory.

– Je ne suis pas sûr, répondit Fledge en se relevant tant bien que mal. De toute façon… Attendez ! Ça recommence. Au nom d'Aslan, c'est quelque chose…

Le cheval se mit à trottiner de-ci, de-là, en reniflant et en hennissant. Les enfants allaient et venaient sur la pointe des pieds en jetant des coups d'œil derrière tous les buissons et les arbres. À chaque fois ils croyaient découvrir quelque chose ; Polly crut même apercevoir une longue silhouette noire glisser en direction de l'ouest. Mais finalement ils ne mirent la main sur rien, et Fledge retourna se coucher tandis que les enfants se réinstallaient bien au chaud sous ses ailes. Aussitôt ils s'endormirent. Seul Fledge demeura éveillé un long moment, remuant ses oreilles au milieu de l'obscurité, la peau parcourue de temps à autre par un léger frisson, comme si une mouche venait de l'effleurer. Épuisé par le voyage, lui aussi finit par s'endormir.

CHAPITRE 13

Un rendez-vous inattendu

– Digory, Fledge, réveillez-vous, hurlait la voix de Polly. Ça a marché, il s'est transformé en arbre à caramels. La matinée est superbe.

Le soleil du matin, encore bas, rayonnait à travers le bois ; la rosée et les toiles d'araignée formaient un voile d'argent couvrant l'herbe alentour. À leurs pieds se dressait un arbrisseau au bois très sombre, de la taille d'un pommier, couvert de petits fruits bruns qui ressemblaient à des dattes. Il avait des feuilles blanchâtres, comme du papier, ou comme cette herbe que l'on appelle monnaie-du-pape.

– Fantastique ! s'écria Digory. Mais j'ai soif, il faut que j'aille boire un peu, ajouta-t-il avant de courir vers le fleuve à travers les buissons en fleurs.

Vous vous êtes déjà baigné dans un torrent de montagne dévalant sur un lit de pierres rouge, bleu et jaune qui se réfléchissent à la lumière du soleil ? C'est aussi bon qu'un bain de mer, sinon meilleur. Digory eut beau se rhabiller sans pouvoir se sécher, cela en valait vraiment la peine. Quand il revint, Polly descendit à son tour prendre un bain ; du moins c'est ce qu'elle prétendit, car nous savons qu'elle n'aimait pas beaucoup nager et nous ferions peut-être mieux de ne pas poser trop de questions. Puis ce fut le tour de Fledge, qui se contenta de rester debout au milieu du courant, en se penchant pour boire de longues gorgées d'eau fraîche avant de secouer sa crinière en hennissant.

Polly et Digory décidèrent alors de s'attaquer à l'arbre à caramels. Les fruits étaient délicieux mais ce n'étaient pas exactement des caramels, c'était quelque chose qui s'en approchait, plus doux, plus juteux. Même Fledge en essaya un, il aimait bien, mais à cette heure de la matinée il préférait l'herbe. Enfin, non sans quelques difficultés, les enfants remontèrent sur son dos et le second voyage commença.

C'était encore mieux que la veille, non seulement parce qu'ils se sentaient frais et dispos, mais parce qu'ils avaient le soleil dans le dos, et tout a toujours l'air plus beau quand l'éclairage vient de l'arrière. La chevauchée était extraordinaire. Les plus hautes montagnes apparaissaient partout autour d'eux. Les vallées étaient si verdoyantes et les torrents des glaciers si bleus qu'ils avaient l'impression de survoler d'immenses pierres précieuses. Ils auraient bien fait durer ce voyage plus longtemps, mais bientôt ils se mirent à humer l'air en s'interrogeant : « Qu'est-ce que c'est ? », « Toi aussi, tu as senti quelque chose ? », « D'où ça vient ? » Un parfum céleste, un doux arôme doré qui semblait se dégager des fleurs et des fruits

les plus exquis du monde, montait jusqu'à eux d'on
ne savait où.

– Ça vient de la vallée en face, avec le lac, s'écria
Fledge.

– Sûrement, répondit Digory. Oui, regardez ! la colline verte qui s'élève de l'autre côté. Vous avez vu
comme l'eau est bleue ?

– Ça doit être là, firent-ils tous en chœur alors que
Fledge commençait sa descente circulaire au milieu
des pics glacés.

La température de l'air se réchauffait et l'atmosphère devenait de plus en plus douce, si douce que vous aviez presque les larmes aux yeux. À présent Fledge planait, ses immenses ailes déployées et immobiles, tâtonnant l'air avec ses sabots à l'approche du sol. La colline verte se rapprochait à une vitesse vertigineuse et très vite le cheval se posa tant bien que mal sur son flanc. Les deux enfants se laissèrent tomber avec souplesse sur un tapis d'herbe tiède et moelleuse, avant de se relever, à bout de souffle.

Ils étaient à peu près aux trois quarts du sommet de la colline. Aussitôt, ils se mirent à grimper. (Heureusement pour lui, Fledge pouvait utiliser ses ailes pour tenir en équilibre en donnant de temps à autre un petit coup.)

Le sommet était entouré d'un haut mur de tourbe verte, à l'intérieur duquel poussaient des arbres dont les branches dépassaient et les feuilles s'irisaient de nuances vert, bleu et argent suivant la direction du vent. Nos voyageurs firent presque tout le tour du mur de verdure avant de découvrir de hautes portes en or, entièrement fermées, qui faisaient face à l'est.

Jusqu'ici je pense que Fledge et Polly avaient l'intention d'entrer avec Digory, mais ils changèrent d'avis : il suffisait d'un seul coup d'œil pour comprendre que ce jardin appartenait à un étranger, que c'était une propriété entièrement privée. Il aurait fallu être fou pour songer à y entrer sans avoir été investi d'une mission spéciale. Digory avait égale-

ment compris que ses amis ne voulaient ni ne pouvaient entrer. Aussi s'avança-t-il vers les portes, seul.

Plus près, il vit une inscription gravée en lettres
d'argent sur la surface en or, qui disait à peu près
ceci :

Avance sous ces portes d'or ou n'avance pas
Cueille un de mes fruits pour autrui sinon
abstiens-toi
Car qui vole ou dans mon enceinte fait un pas
Assouvira le désir de son cœur et trouvera
le désespoir.

« Cueille un de mes fruits pour autrui », répéta
Digory. Bon, c'est ce que je vais faire. J'imagine que
cela veut dire que, moi, je n'ai pas le droit d'en manger.
En revanche je me demande ce que signife le laïus de
la dernière ligne. « Avance sous ces portes d'or » – évidemment ! personne n'irait escalader le mur s'il savait
qu'il pouvait entrer par les portes. Mais comment est-
ce qu'elles s'ouvrent ?

À l'instant même, il posa la main sur les portes et
celles-ci s'ouvrirent automatiquement, pivotant sur
leurs gonds sans le moindre grincement.

Digory entra d'un pas solennel, l'œil aux aguets. Un
silence absolu régnait. Une fontaine se dressait au
milieu du jardin, dont l'eau coulait avec un imperceptible bruissement. Le même parfum exquis embaumait
l'atmosphère. Tout dégageait une impression de bonheur, mais de bonheur grave.

Il reconnut immédiatement l'arbre, non seulement parce qu'il était exactement au centre du jardin, mais parce qu'il était couvert de grosses pommes argentées dont l'éclat illuminait même les niches les plus reculées que les rayons du soleil n'atteignaient pas. Il se dirigea vers l'arbre et cueillit une pomme qu'il ne put s'empêcher d'examiner et de humer avant de la mettre dans la poche intérieure de sa veste. Hélas ! il n'aurait jamais dû. Aussitôt, il fut en proie à une soif et une faim irrésistibles, et un irrépressible désir de goûter le fruit.

Le jardin était plein de pommes. Que pouvait-il y avoir de mal à les goûter ? pensait-il. Après tout l'inscription sur les portes n'était pas un ordre mais juste un conseil, et qui se soucie de suivre un conseil ? Et même si c'était un ordre, est-ce que ce serait y désobéir que de manger une pomme ? Il avait déjà suivi la recommandation de n'en cueillir une que « pour autrui ».

Tout en réfléchissant, il leva les yeux par hasard vers la cime de l'arbre. Sur la plus haute branche était perché un oiseau magnifique, plus grand qu'un aigle, la poitrine couleur safran, la crête écarlate et la queue pourpre. Il avait l'air endormi... quoique, pas tout à fait : l'un de ses yeux était légèrement entrouvert.

– Ce qui prouve bien, expliqua plus tard Digory à ses amis, que l'on n'est jamais assez prudent dans ces lieux enchantés. On ne sait jamais qui est en train de vous surveiller.

De toute façon, je ne pense pas que Digory aurait cueilli une pomme pour lui. À cette époque, on martelait les enfants de principes, dont le fameux « Tu ne voleras point », de façon beaucoup plus systématique qu'aujourd'hui. Enfin, nous ne pouvons pas non plus en être absolument certains…

Il était donc sur le point de faire demi-tour quand il s'arrêta pour jeter un dernier coup d'œil autour de lui. C'est alors qu'il eut un choc épouvantable. Il n'était pas seul : là, à quelques mètres seulement de lui, se tenait la sorcière, qui venait de jeter un trognon de pomme. Le jus de la pomme, plus foncé que d'habitude, avait laissé une marque effrayante autour de sa bouche. Elle avait dû entrer en grimpant au-dessus du mur. Elle avait l'air plus puissante et plus fière que jamais, elle semblait même triomphante ; cependant son visage était d'une pâleur mortelle, blanc comme un linge. En la voyant, Digory comprit le sens de la dernière ligne de l'inscription : la sorcière avait assouvi le désir de son cœur mais trouvé le désespoir.

Son sang ne fit qu'un tour. Il prit ses jambes à son cou et se précipita vers les portes, talonné par la sorcière. À peine était-il sorti que les portes se refermèrent derrière lui. Il eut quelques secondes de répit, mais le temps de hurler : « Dépêche-toi, remonte, Polly ! Lève-toi, Fledge ! », la sorcière avait sauté par-dessus bord et le serrait de près.

– Ne bougez pas, cria Digory en se retournant face à elle, sinon nous disparaissons tous les quatre. Ne faites pas un pas !

– Comme tu es bête, répondit la sorcière, pourquoi me fuis-tu ? Je ne te veux aucun mal, au contraire. Si tu refuses de m'écouter ici, tu risques de rater l'occasion d'accéder à la clé du bonheur éternel.

– Peut-être, mais je préfère ne rien entendre, répondit Digory – qui entendit tout.

– Je sais quelle est ta mission. C'est moi qui rôdais autour de vous la nuit dernière dans les bois, j'ai entendu toutes vos délibérations. Tu viens de cueillir une pomme, tu l'as mise dans ta poche et tu comptes la ramener au Lion sans y toucher, afin que lui seul la consomme. Tu n'es pas très malin ! Sais-tu de quel fruit il s'agit ? Je vais te le dire. Il s'agit de la pomme de jouvence, la pomme de la vie. Je le sais car je l'ai goûtée et je sens déjà en moi des signes qui me disent que je ne vieillirai ni ne mourrai jamais. Croque, mon garçon, croque : toi et moi, nous vivrons pour l'éternité et nous deviendrons roi et reine de ce monde – ou de ton monde, si nous décidons d'y retourner.

– Non merci, je ne suis pas sûr d'avoir tellement envie de survivre éternellement à tous les gens que j'aurai connus. Je préfère vivre une durée de vie normale, mourir et aller au Paradis.

– Et ta mère, que soi-disant tu aimes tant ?

– Que vient-elle faire là-dedans ?

– Ne comprends-tu pas, imbécile, qu'un seul morceau de cette pomme la guérirait ? La pomme est dans ta poche, nous sommes seuls, le Lion est à mille lieues d'ici. Sers-toi de son pouvoir magique et rentre chez toi. En un quart de seconde, tu peux être au chevet de ta mère pour lui offrir le fruit de sa guérison. Tu verras, elle reprendra immédiatement des couleurs. Elle dira qu'elle ne ressent plus aucune douleur et qu'elle se sent beaucoup plus forte. Puis elle tombera dans un long sommeil – penses-y – un long et doux sommeil naturel, sans souffrance, sans médicaments. Le lendemain tout le monde s'extasiera devant sa guérison miraculeuse et, très vite, elle sera entièrement rétablie. Tout ira bien, ta maison retrouvera le bonheur et tu seras comme les autres petits garçons.

– Ha ! s'exclama Digory, le souffle coupé, comme s'il avait été blessé, avant de porter la main à son front. Il venait de comprendre qu'il était face à un choix de vie ou de mort.

– Le Lion a-t-il fait quoi que ce soit pour toi qui justifie que tu sois son esclave ? Comment pourra-t-il t'atteindre une fois que tu seras rentré chez toi ? Et que dirait ta mère si elle savait que tu aurais pu la guérir et la rendre à la vie tout en épargnant à ton père un immense chagrin ? Si elle savait que tu préfères accomplir une mission pour un animal sauvage venant d'un monde totalement étranger au tien ?

– Je... je ne pense pas que ce soit un animal sauvage, bredouilla Digory, la gorge desséchée. Il est... je ne sais plus...

– Alors c'est pire. Regarde ce qu'il t'a déjà fait, regarde à quel point il t'a déjà endurci. Voilà ce qui arrive à ceux qui l'écoutent. Tu n'as pas de cœur, tu es sans pitié, tu préférerais voir mourir ta propre mère plutôt que...

– Oh ! taisez-vous. Vous croyez que je ne comprends pas ? Mais j... j'ai promis...

– C'est vrai, mais tu ne savais pas à quoi tu t'enga-geais ! Et personne ici ne peut t'en empêcher.

– Maman, Digory articula avec difficulté, n'aimerait sûrement pas… elle est terriblement à cheval sur les principes – ne jamais voler, et ce genre de choses. Je suis sûr qu'elle m'interdirait de voler si elle était là.

– Elle n'en saura jamais rien, dit la sorcière avec une douceur insoupçonnable dans un visage aussi farouche. Tu ne lui diras jamais comment tu t'es procuré la pomme. À ton père non plus d'ailleurs. Personne chez toi n'a besoin de connaître toute cette histoire. Et tu n'as même pas besoin de rentrer avec la petite fille.

Là, la sorcière commit une erreur fatale. Digory savait parfaitement que Polly pouvait s'en sortir toute seule, mais la proposition de la sorcière était si lâche qu'à l'instant même il comprit que tout son raisonne-ment était creux et faux. Les idées enfin claires, il affirma, d'une voix beaucoup plus posée :

– Au fond, que venez-vous faire là-dedans ? Pourquoi tout à coup cette subite amitié pour ma mère ? Qu'est-ce que toute cette histoire a à faire avec vous ? À quoi jouez-vous ?

– Un bon point pour toi, Digs ! murmura Polly à son oreille. Allez, viens, fichons le camp immédiatement.

Polly n'avait pas osé intervenir jusqu'ici car il s'agis-sait de raisons personnelles – vous comprenez, ce n'était pas sa mère.

– Allez, on remonte, ajouta Digory en l'aidant à s'installer sur le dos de Fledge avant de grimper en vitesse tandis que le cheval déployait ses ailes.

– Allez, déguerpissez, imbéciles, s'écria la sorcière. Tu penseras à moi dans quelques années, mon garçon, quand tu seras allongé comme un vieillard à l'agonie. Tu verras, tu t'en mordras les doigts d'avoir refusé ton unique chance d'éternelle jeunesse ! Personne ne te proposera plus jamais pareille occasion.

Ils étaient déjà si haut qu'ils l'entendaient à peine. Quant à elle, elle ne perdit pas de temps à les regarder s'éloigner ; bientôt elle prit la direction du nord en descendant la colline.

Comme ils étaient partis très tôt le matin et que tout s'était déroulé assez vite dans le jardin, Fledge et Polly pensaient qu'ils arriveraient facilement à Narnia avant la tombée de la nuit. Digory ne disait pas un mot, et ses deux amis, intimidés, n'osaient pas lui poser de questions. Il était en proie à une profonde tristesse et ne savait plus s'il avait fait ce qu'il fallait ; heureusement, dès qu'il se rappelait les larmes d'Aslan, il se sentait rassuré.

Fledge vola tout le jour à un rythme de croisière, sans fatiguer ses ailes, d'abord en direction de l'est, suivant le cours du fleuve, puis à travers les sommets montagneux et au-dessus des collines de forêts sauvages et des chutes d'eau, puis encore plus bas, là où l'ombre de cet extraordinaire escarpement dominait les bois de Narnia. Enfin, sous un ciel rougeoyant éclairé par le soleil couchant, il repéra un grand rassemblement près du fleuve et reconnut Aslan au centre.

Il descendit en un long vol plané, étendit ses quatre jambes, referma ses ailes et atterrit au petit galop. Les enfants sautèrent et Digory vit tous les animaux, les nains, les satyres, les nymphes et les autres créatures reculer pour le laisser passer. Il avança jusqu'à Aslan et lui remit la pomme en disant :

– Je vous ai rapporté la pomme que vous souhaitiez, monsieur.

CHAPITRE 14

La naissance de l'arbre

– C'est bien, dit Aslan d'une voix qui fit trembler la terre.

Digory comprit alors que tous les habitants de Narnia avaient entendu ces paroles et que son histoire serait transmise de père en fils dans ce nouveau monde pendant des centaines et des centaines d'années, peut-être même à jamais. Mais il ne risquait pas d'en tirer un quelconque sentiment de supériorité car, au moment où il leva les yeux vers Aslan, il oublia. Pour la première fois, il arrivait à soutenir le regard du Lion, les yeux dans les yeux. Il n'avait plus d'hésitation, il éprouvait enfin un sentiment d'accomplissement.

– C'est bien, fils d'Adam, répéta Aslan. Pour obtenir ce fruit, tu as connu la faim et la soif et le chagrin. Nulle main autre que la tienne ne sèmera la graine de l'arbre destiné à protéger Narnia. Lance la pomme près du fleuve, là où la terre est meuble.

Digory s'exécuta. Tous autour de lui s'étaient tus, il régnait un tel silence que l'on entendit résonner le bruit doux et mat de la pomme qui tomba dans la boue.

– Parfait, dit Aslan. À présent, procédons au couronnement du roi Franck et de la reine Hélène.

Les enfants n'avaient pas remarqué la présence du Roi et de la Reine : ils étaient vêtus de somptueux habits, de longues robes au tissu lourd qui glissaient de leurs épaules pour former une traîne, dont celle du Roi portée par quatre nains et celle de la Reine portée par quatre nymphes du fleuve. Ils avaient la tête nue, mais Hélène avait les cheveux lâchés, ce qui lui donnait beaucoup d'allure. Mais leur métamorphose ne tenait pas tant à leurs vêtements ni à leurs cheveux qu'à cette nouvelle expression émanant de leur visage, surtout celui du Roi. Tout ce qu'il y avait chez lui de bourru, de matois et de brutal, qu'il avait acquis depuis qu'il était cocher à Londres, semblait avoir été balayé, pour mettre en valeur le courage et la bonté, ses véritables qualités. Était-ce dû à l'air de ce nouveau monde, ou au contact d'Aslan, ou les deux à la fois ?

– Ma parole, murmura Fledge à l'oreille de Polly, mon vieux maître a changé presque autant que moi ! Pour une fois, il a vraiment l'air d'un maître.

– Oui, mais ce n'est pas une raison pour me chatouiller l'oreille, dit-elle.

– Maintenant, reprit Aslan, que certains parmi vous aillent démêler les nœuds qu'ils ont faits avec les arbres et voyons ce que nous y trouverons.

Digory vit alors une sorte de cage de verdure formée par un entrelacs confus de branches qui avaient poussé à partir d'arbres plantés trop serrés. En quelques coups de trompe et de hache, les éléphants et les nains eurent vite fait de démêler le tout, avant de découvrir trois surprises : la première était un jeune arbre qui paraissait en or ; la deuxième, un jeune arbre qui paraissait en argent ; la troisième, une pauvre chose recroquevillée à terre, coincée entre ces deux arbres et couverte de boue.

– Mince alors, chuchota Digory, l'oncle Andrew !

Afin de comprendre comment la situation avait pu en arriver là, il nous faut revenir un peu en arrière. Vous vous rappelez que les bêtes avaient essayé de planter et d'arroser l'oncle Andrew ? Il s'était retrouvé trempé des pieds à la tête, enfoncé dans la terre (ou plutôt dans la boue) jusqu'aux cuisses et cerné par une horde d'animaux sauvages comme il n'en avait jamais vu, même dans ses pires cauchemars. Il n'était donc pas surprenant qu'il se mît à hurler et trépigner. D'une certaine façon, c'était même une bonne chose car cela prouvait enfin à tout le monde (y compris le phacochère) que l'oncle Andrew était bel et bien vivant. Néanmoins les animaux avaient décidé de le replanter – il va sans dire que son pantalon était dans un état déjà assez pitoyable... À peine avait-il eu les jambes libérées qu'il avait essayé de s'enfuir, mais il avait été prestement rattrapé à la taille par un petit coup de trompe de l'éléphant. Les animaux pensaient qu'il était en sécurité jusqu'au moment où Aslan avait eu le temps de venir le voir et avait donné des recommandations sur son sort. C'est

ainsi qu'ils avaient fabriqué cette sorte de cage ou de volière et lui avaient proposé tout ce qui leur passait par la tête à manger.

L'âne s'en alla cueillir des brassées de chardons qu'il lui lançait sans que l'oncle Andrew n'y prêtât la moindre attention. Les écureuils le bombardèrent de poignées de noix mais il se protégeait la tête avec les mains en essayant de les éviter. Plusieurs oiseaux survolèrent soigneusement sa cage afin de faire tomber sur lui des vers de terre. Quant à l'ours, il se montra particulièrement prévenant, même si sa tentative fut l'échec le plus cuisant. Au cours de l'après-midi, il avait trouvé un essaim d'abeilles sauvages, mais il s'était retenu d'y goûter (ce qui lui avait beaucoup coûté) afin de le ramener à l'oncle Andrew. Il balança au sommet du grillage cette masse gluante qui alla atterrir en plein sur l'oncle Andrew – alors que toutes les abeilles n'étaient pas mortes.

Pauvre ours ! lui qui aurait tellement aimé, il ne comprit pas pourquoi l'oncle Andrew recula brutalement et trébucha les quatre fers en l'air… sur le tas de chardons. Ce n'était vraiment pas de chance ! « De toute façon, dit le phacochère, il a dû avaler une bonne dose de miel, ce qui lui aura fait le plus grand bien. »

Car ils finissaient tous par s'attacher à cet étrange animal domestique. Ils espéraient même qu'Aslan les autoriserait à le garder. Les plus malins se doutaient que certains des bruits qui sortaient de sa bouche avaient un sens : ils le baptisèrent du nom de Cognac car c'était le son le plus fréquent qu'il émettait.

Au bout de quelques heures, ils durent l'abandonner là pour la nuit. Aslan avait passé la journée à donner des instructions aux futurs Roi et Reine et à vaquer à diverses occupations plus importantes que ce « pauvre vieux Cognac ». Quoique… avec toutes les noix, les poires, les pommes et les bananes qu'il avait reçues, il s'en sortait finalement avec un dîner fort convenable. En revanche, il serait abusif de dire qu'il passa une nuit agréable.

– Amenez-moi cette créature, ordonna Aslan.

Aussitôt, l'un des éléphants souleva l'oncle Andrew, tétanisé, avec sa trompe et le déposa aux pieds du Lion.

– S'il vous plaît, Aslan, dit Polly, pourriez-vous dire quelque chose qui… qui le rassurerait… tout en le dissuadant de jamais revenir ici ?

– Tu crois vraiment qu'il en a envie ? demanda Aslan.

– Non, mais il pourrait envoyer quelqu'un à sa place. Il est tellement grisé par l'idée que la barre du réverbère se transforme en arbre réverbère, il s'imagine que…

– Il s'imagine n'importe quoi, mon enfant, répondit Aslan. Ce monde exulte de vie parce que le chant qui l'a fait naître flotte toujours dans l'air et gronde encore sous la terre. Mais cela ne va pas durer. Hélas, je ne peux ni le lui expliquer, ni le réconforter, il a fait en sorte de ne pouvoir comprendre mes paroles. Quand

je lui parle, il n'entend qu'une série de grognements et de rugissements. Ah ! fils d'Adam, vous avez l'art de vous défendre contre ce qui vous ferait du bien ! C'est pourquoi je lui offrirai le seul présent qu'il est encore capable de recevoir.

Aslan inclina tristement la tête et souffla contre le visage du magicien terrifié en disant :

– Dors, dors et oublie quelques instants tous les tourments que tu t'es infligés.

Aussitôt l'oncle Andrew s'enroula sur le côté, ferma les yeux et se mit à respirer paisiblement.

– Transportez-le à côté et allongez-le, dit Aslan. Maintenant, à vous les nains, montrez-nous vos talents de forgerons ! Montrez-nous comment vous allez fabriquer les couronnes pour notre Roi et notre Reine !

Une nuée de nains, plus nombreux que vous n'en avez jamais rêvé, se précipitèrent sur l'arbre d'or. En deux temps, trois mouvements, ils arrachèrent toutes les feuilles et taillèrent plusieurs branches. Les enfants comprirent alors que c'était un arbre en or massif : il avait poussé à partir des pièces d'or qui étaient tombées de la poche de l'oncle Andrew au moment où les bêtes l'avaient retourné. De même, l'arbre d'argent avait poussé à partir des pièces d'argent. Surgirent ensuite de nulle part des piles de petit bois, une petite forge, des marteaux, des pinces, des soufflets. Aussitôt (comme ces nains aimaient leur travail !) un immense feu se mit à flamboyer. Les soufflets grondaient, l'or fondait, les marteaux cliquetaient.

Deux taupes, à qui Aslan avait demandé de fouiller plus tôt dans la journée (c'était leur activité préférée), déversèrent des monceaux de pierres précieuses aux pieds des nains. Et sous les doigts de fée de nos petits forgerons, deux couronnes prirent forme, non pas ces affreuses couronnes modernes européennes trop lourdes, mais de ravissants diadèmes légers, magnifiquement ouvragés, que l'on pouvait porter et qui adoucissaient le visage. La couronne du Roi était sertie de rubis, celle de la Reine, sertie d'émeraudes.

Les couronnes furent refroidies dans le lit du fleuve, puis Aslan fit agenouiller devant lui Franck et Hélène et les posa sur leur tête en disant :

– Relevez-vous, Roi et Reine de Narnia, père et mère d'une longue lignée destinée à régner sur Narnia, et sur les îles et les terres d'Archenland. Sachez vous montrer justes, cléments et courageux. Et recevez ma bénédiction.

Tout le monde se mit alors à pousser des cris de joie, à aboyer, hennir, gronder ou battre des ailes. Devant eux se tenait le couple royal, solennel, d'autant plus noble que tous deux étaient légèrement intimidés.

– Regardez ! retentit soudain la voix d'Aslan.

Toute la petite foule tourna la tête et poussa un long soupir de stupéfaction et de ravissement : non loin se dressait un nouvel arbre, majestueux, que personne n'avait jamais vu. Il avait dû pousser en silence, aussi vite qu'un drapeau hissé sur un mât, pendant qu'ils suivaient la cérémonie du couronnement. Ses

branches ne formaient pas d'ombre, mais une lumière particulière, et sous chaque feuille avaient éclos des pommes argentées semblables à des étoiles. Plus surprenant encore, ces pommes dégageaient un parfum extraordinaire.

– Fils d'Adam, intervint Aslan, tu as bien semé. Quant à vous, habitants de Narnia, que votre premier souci soit de protéger cet arbre, car il est votre rempart. La sorcière dont je vous ai parlé s'est enfuie dans l'extrême nord du pays, où elle survivra longtemps grâce à la magie noire.

Mais tant que fleurira cet arbre, elle ne redescendra pas ici à Narnia. Elle n'osera jamais s'en approcher à plus d'une centaine de kilomètres, car le parfum de cet arbre, qui pour nous est symbole de joie, de vie et de santé, pour elle est symbole de mort, d'horreur et de désespoir.

Tout le monde admirait l'arbre quand Aslan détourna la tête, projetant avec sa crinière des gerbes d'étincelles dorées, et posa ses grands yeux sur les enfants.

– Qu'y a-t-il ? demanda-t-il alors qu'il venait de les surprendre en train de chuchoter et se donner des coups de coude.

– Ah ! Aslan, répondit Digory en rougissant, j'ai oublié de vous dire. La sorcière a mangé une pomme de la même espèce que celle de l'arbre.

Il n'avait pas tout dit, et ce fut Polly qui, sans hésiter, raconta la suite à sa place. (Digory avait peur de passer pour un sot.)

– C'est pourquoi nous pensons qu'il doit y avoir une erreur, expliqua-t-elle, je crains que le parfum de ces pommes ne la repousse pas.

– Qu'est-ce qui te fait dire ça, fille d'Ève ? demanda le Lion.

– Le fait qu'elle en ait mangé une.

– Mon enfant, c'est justement pour cela qu'elle redoute ces pommes. Ainsi réagissent ceux qui cueillent et mangent un fruit au mauvais moment et de la mauvaise façon. Le fruit a beau être bon, il les répugne à jamais.

– Ah ! je comprends, répondit Polly. Comme elle ne l'a pas cueillie comme il faut, la pomme ne marchera pas sur elle, je veux dire, elle ne lui fera pas retrouver sa jeunesse ct tout ça.

– Hélas ! si, dit Aslan en secouant la tête. Les choses agissent toujours suivant leur nature. En assouvissant le désir de son cœur, elle a acquis une force irrépressible et une vie éternelle, telle une déesse. Mais elle s'est corrompue, et plus le temps passe, plus son malheur augmente. D'ailleurs elle commence déjà à en faire la douloureuse expérience, car il est rare de profiter d'un bien que l'on obtient à n'importe quel prix.

– J… j'ai failli en manger une, Aslan, avoua Digory. est-ce que j'aurais…

– Oui, mon enfant. Car le fruit agit, il est destiné à agir, mais il n'agit pas dans un sens heureux si tu le cueilles à ta guise. Admettons qu'un habitant de Narnia, à qui l'on n'aurait rien demandé, vole une pomme pour la planter ici afin de protéger Narnia, elle aura sûrement un effet protecteur, mais elle transformera Narnia en un empire aussi puissant et impitoyable que celui de Charn, bien loin de la terre de paix que j'ai conçue à l'origine. La sorcière t'a également soumis à une autre tentation, n'est-ce pas, mon fils ?

– Oui, Aslan. Elle voulait que je ramène une pomme à la maison pour maman.

– Sache donc que cela aurait permis de la guérir, mais pour son malheur et pour le tien. Un jour, vous auriez fini par vous pencher sur votre passé en songeant qu'il aurait mieux valu mourir de maladie.

La gorge nouée par les sanglots, Digory ne pouvait plus articuler le moindre mot. Il avait abandonné tout espoir de sauver la vie de sa mère. Pourtant il savait que le Lion avait raison, et il essayait de se rassurer en se disant qu'il devait y avoir encore pire que perdre quelqu'un que vous aimiez tant.

– Voilà ce qui serait arrivé avec une pomme volée, mon enfant, reprit Aslan d'une voix à peine audible. Mais la pomme que je t'offre aujourd'hui est différente. Dans ton monde elle apportera la joie et la guérison, mais pas la vie éternelle. Maintenant, va et cueille une pomme sur l'arbre.

Digory mit quelques instants à comprendre. Il avait l'impression que le monde tout entier s'était inversé. Il avança, comme en un rêve, sous les encouragements du Roi et de la Reine, et de toutes les créatures. Il cueillit la pomme et la mit dans sa poche, puis il revint auprès d'Aslan.

– S'il vous plaît, puis-je rentrer à la maison maintenant ?

Il avait oublié de dire « merci » mais Aslan avait
compris que le cœur y était.

CHAPITRE 15
La fin de cette histoire et le début des autres

– Vous n'avez pas besoin de bagues tant que je suis avec vous, résonnait la voix d'Aslan.

Les enfants clignèrent des yeux et regardèrent alentour : ils étaient revenus dans le Bois-d'entre-les-Mondes. L'oncle Andrew était toujours allongé dans l'herbe, endormi. Aslan se tenait à côté d'eux.

– Allez, dit-il, il est temps que vous rentriez. Mais auparavant il nous reste deux choses à voir, une mise en garde et un ordre. Regardez…

Il y avait à leurs pieds un léger creux dont le fond était recouvert d'une herbe tiède et sèche.

– La dernière fois que vous étiez ici, dit Aslan, c'était une mare. Vous avez sauté à l'intérieur et vous êtes tombés dans le monde de Charn, éclairé par un soleil mourant. Aujourd'hui il n'y a plus de mare. Ce monde s'est consumé, c'est comme s'il n'avait jamais existé. Que les descendants d'Adam et Ève sachent en tirer la leçon.

– Oui, Aslan, répondirent en chœur les enfants, avant que Polly n'ajoute : Nous ne sommes quand même pas aussi mauvais que ce monde, Aslan ?

– Non, pas encore, fille d'Ève, mais vous êtes sur la voie. Qui sait si l'un des vôtres ne découvrira pas lui aussi un secret aussi nuisible que le Mot Déplorable et ne l'utilisera pas pour détruire tous les êtres vivants. Bientôt, avant même la fin de votre vie, les plus grandes nations de votre monde seront gouvernées par des tyrans qui ne se soucieront pas plus de joie, de justice et de clémence que l'impératrice Jadis. Tâchez donc de mettre en garde les vôtres. Tel est mon premier avertissement. En même temps, dès que vous le pourrez, reprenez à votre oncle ses bagues magiques et enterrez-les afin que plus personne ne puisse jamais les utiliser.

Les deux enfants écoutaient le Lion, concentrés sur son regard, quand peu à peu – ils ne surent jamais exactement comment – son visage se métamorphosa en un immense océan d'or sur lequel ils se mirent à flotter. Ils se sentirent enveloppés et pénétrés d'une telle douceur et d'une telle force qu'ils eurent l'impression de renaître et de redécouvrir le sens du bonheur, de la sagesse et de la bonté.

Toute leur vie, le souvenir de cet instant allait rester gravé dans leur mémoire, et les jours où ils avaient du vague à l'âme, les jours où ils avaient peur ou avaient faim, le sentiment que ce bien en or était là, tout près, au coin ou derrière la porte, ce sentiment revenait, comme une preuve intérieure que tout allait bien.

Tout à coup, Polly, Digory et l'oncle Andrew (enfin réveillé) atterrirent au milieu du bruit et des effluves moites de Londres.

Ils étaient sur le trottoir, devant la porte d'entrée de chez les Ketterley. La sorcière, le cheval et le cocher avaient disparu, mais tout le reste était dans l'état où ils l'avaient laissé : le réverbère à qui il manquait un bras, le fiacre en morceaux, même la foule. Les gens étaient toujours en train de discuter, et certains, agenouillés près de l'agent de police blessé, faisaient des commentaires du genre : « Il revient à lui », ou : « Comment vous sentez-vous, mon vieux ? », ou encore : « L'ambulance ne va pas tarder. »

« Hallucinant ! pensa Digory. Toute cette aventure s'est déroulée en un rien de temps. »

La plupart des gens dans la foule cherchaient du regard Jadis et le cheval, et personne ne fit attention aux enfants car personne ne les avait vus partir ni revenir. Quant à l'oncle Andrew, vu l'état de ses vêtements et son visage dégoulinant de miel, il aurait été difficile de le reconnaître. Heureusement, la porte d'entrée était ouverte, et la servante, qui n'en revenait toujours pas de ce charivari (décidément, quelle journée inouïe !), était dehors, si bien que les enfants n'eurent aucun mal à pousser l'oncle Andrew à l'intérieur sans que personne ne leur demande rien.

Aussitôt ils le virent se précipiter dans l'escalier et ils eurent peur qu'il n'aille dans son bureau pour cacher ses dernières bagues magiques. En fait, ils n'avaient aucun souci à se faire, l'oncle Andrew ne souhaitait qu'une chose : récupérer sa bouteille au fond de sa penderie. Il disparut et s'enferma à double tour dans sa chambre, puis ressortit – après un certain temps – en peignoir et se dirigea vers la salle de bains.

– Tu peux récupérer les autres bagues, Polly ? demanda Digory. Je voudrais aller voir maman.

– D'accord, à plus tard, répondit-elle avant de monter en faisant claquer ses talons dans l'escalier.

Digory reprit son souffle puis entra discrètement dans la chambre de sa mère. Elle était là, allongée, telle qu'il l'avait vue si souvent, la tête appuyée contre les coussins, avec ce visage pâle et émacié qui donnait envie de pleurer.

Digory sortit la pomme de la vie de sa poche.

De même que la sorcière avait l'air différente quand vous la voyiez dans notre monde, de même la pomme qui venait de ce jardin de haute montagne avait ici un autre aspect. Toutes sortes d'objets colorés décoraient la chambre – le dessus-de-lit, le papier peint, la lumière du soleil à travers la fenêtre, le joli gilet bleu pâle de sa mère – mais, au moment où Digory sortit la pomme de sa poche, tous les objets perdirent leurs couleurs. Ils avaient l'air soudain fades, minables, même sous la lumière du soleil. L'éclat de la pomme de jouvence projetait au plafond d'étranges rayons lumineux qui attiraient irrésistiblement le regard et le fruit dégageait un arôme qui donnait l'impression que l'une des fenêtres de la chambre était ouverte sur le Paradis.

– Oh ! mon chéri, comme c'est gentil, dit la mère de Digory.

– Tu la mangeras, j'espère ? S'il te plaît…

– Je ne sais pas ce qu'en dirait le médecin. Mais peu importe… pour une fois je sens que j'en aurai peut-être la force.

Digory pela la pomme, la coupa et la lui donna morceau par morceau. À peine l'eut-elle finie qu'elle sourit et laissa retomber sa tête sur l'oreiller, sombrant aussitôt dans un profond sommeil naturel, sans aucun de ces détestables médicaments dont elle dépendait tant. Digory vit aussitôt son visage se détendre. Il se pencha pour l'embrasser doucement et disparut sur la pointe des pieds, le cœur battant, en emportant le trognon de la pomme.

Plus tard dans la journée, il suffisait qu'il regarde les objets ordinaires de la maison, dépourvus de magie, pour perdre tout espoir de guérison. Heureusement, dès qu'il se rappelait le visage d'Aslan, il recommençait à espérer. Le soir même, il alla enterrer le trognon de la pomme dans le jardin, derrière la maison.

Le lendemain, lorsque le médecin passa faire sa visite, Digory tendit l'oreille en se penchant au-dessus de la rampe :

– Mademoiselle Ketterley, c'est le cas le plus extraordinaire que j'aie jamais connu de toute ma carrière. C'est… c'est un véritable miracle. Si j'étais vous, je ne dirais encore rien à son fils, il est inutile de lui donner de faux espoirs. Mais à mon avis…

Il avait baissé la voix, Digory n'entendait plus rien.

L'après-midi Digory alla siffler au bout du jardin pour appeler Polly suivant leur signal secret.

– Alors ? demanda-t-elle en passant la tête au-dessus du mur. Je veux dire, ta mère ?

– Je crois… je crois que ça va aller. Mais, pour l'instant, je préfère ne pas en parler. Et les bagues ?

– Je les ai. Attends, ne t'inquiète pas, j'ai mis des gants. Allons les enterrer.

– D'accord. J'ai marqué l'endroit où j'ai enterré le trognon de la pomme hier soir.

Arrivés au fond du jardin, ils comprirent que la marque était inutile. Il y avait déjà une petite pousse, qui bien sûr ne grandissait pas à vue d'œil comme à Narnia. Ils prirent une petite bêche et ensevelirent toutes les bagues magiques, y compris les leurs, en cercle autour de la jeune pousse.

Une semaine plus tard environ, il ne faisait plus de doute que la mère de Digory allait de mieux en mieux.

Deux semaines passèrent et elle put aller s'asseoir dans le jardin. Un mois plus tard encore, c'est toute la maison qui avait changé d'atmosphère et la tante Letty faisait tout ce qui lui plaisait : on ouvrait les fenêtres, on tirait les vieux rideaux qui sentaient le renfermé pour éclaircir les pièces, partout on mettait de nouvelles fleurs, les repas étaient meilleurs, le vieux piano fut accordé... La mère de Digory reprit ses cours de chant et partageait tant de jeux avec Digory et Polly que la tante Letty ne cessait de répéter : « Ma parole, c'est toi la plus enfant de vous trois ! »

Autant lorsque les choses commencent à aller mal, elles vont de pire en pire pendant un certain temps, autant lorsqu'elles commencent à aller bien, elles vont de mieux en mieux. Ainsi, après six semaines de cette vie délicieuse, une lettre du père de Digory arriva des Indes, qui n'apportait que des bonnes nouvelles. Le vieil oncle Kirke venait de mourir, ce qui apparemment signifiait que le père de Digory héritait de sa fortune. Il comptait donc quitter les Indes et arrêter de travailler. Alors ils iraient vivre dans cette merveilleuse maison de campagne dont Digory avait entendu parler toute sa vie sans jamais la voir : c'était une immense propriété qui comprenait des armures complètes, et des écuries, plusieurs chenils, une rivière, un parc, des serres, des vignes et des bois dominés par les montagnes. Digory pouvait enfin se réjouir car ils allaient vivre heureux et en famille pour toujours.

Cependant, vous avez sans doute envie de connaître deux ou trois détails supplémentaires.

Polly et Digory restèrent très liés et Polly alla passer presque toutes ses vacances dans cette magnifique propriété. C'est là qu'elle apprit à monter à cheval, à nager, à traire les vaches, à faire de l'escalade et à pétrir le pain.

À Narnia, les bêtes vécurent des centaines et des centaines d'années dans la paix et la joie sans que la sorcière ni aucun ennemi ne viennent troubler leur bonheur. Le roi Franck, la reine Hélène et leurs enfants y vécurent heureux tandis que leur second fils devint roi d'Archenland. Les garçons épousèrent des nymphes, les filles des divinités des bois et du fleuve.

Le réverbère que la sorcière avait planté sans le savoir illuminait jour et nuit la forêt de Narnia si bien que l'on finit par appeler ce lieu le Repaire de la Lanterne. Bien des années plus tard d'ailleurs, une nouvelle petite fille bascula de notre monde dans celui de Narnia, en pleine nuit, sous la neige, et tomba sur le réverbère toujours allumé – une aventure qui, vous vous en doutez, n'est pas sans lien avec celle que je viens de vous raconter.

Voici ce qui arriva. L'arbrisseau qui avait poussé à partir de la pomme enterrée par Polly et Digory dans le jardin grandit et se transforma en un bel arbre. Mais comme il poussait chez nous, à mille lieues de l'écho du chant d'Aslan et de l'air pur de Narnia, il ne donna jamais des fruits dont la magie aurait pu faire renaître à la vie une femme mourante. Il produisait des pommes magnifiques, beaucoup plus belles que toutes celles d'Angleterre, excellentes pour la santé, mais dépourvues de magie à proprement parler. Néanmoins, en son for intérieur, au plus profond de sa sève, pour ainsi dire, cet arbre n'avait jamais oublié l'autre, celui de Narnia, auquel il appartenait. Ainsi, de temps en temps, il se mettait à onduler mystérieusement, sans qu'il y ait le moindre souffle de vent. En fait, je pense que l'arbre anglais se mettait à frémir lorsque les rafales du vent du sud balayaient et fouettaient l'arbre de Narnia.

Quoi qu'il en soit, il fut prouvé, beaucoup plus tard, que le bois de cet arbre possédait encore une certaine magie. Alors que Digory était déjà assez âgé (c'était alors un grand professeur, un érudit reconnu et un grand voyageur) et propriétaire de la vieille maison des Ketterley, une immense tempête souffla sur tout le sud de l'Angleterre et abattit l'arbre. Digory n'eut pas le courage de le tailler pour en faire du petit bois mais il utilisa une partie du bois pour faire construire une grande armoire dans sa maison de campagne. Lui-même ne découvrit jamais les propriétés magiques de cette armoire, mais quelqu'un d'autre allait le découvrir à sa place… Ainsi commencèrent les nombreux allers-retours entre Narnia et notre monde, dont vous pourrez suivre le récit dans les autres livres.

Mais revenons en arrière une dernière fois : lorsque Digory partit vivre à la campagne avec sa famille, on emmena l'oncle Andrew, car, disait le père de Digory, « il faut éviter que notre vieil ami fasse trop de bêtises, en plus il ne serait pas juste que la tante Letty l'ait encore sur les bras ». Grâce à Dieu, l'oncle Andrew était vacciné : plus jamais il ne tenta la moindre expérience de magie. En outre, la vieillesse l'avait rendu plus attentionné et moins égoïste. Néanmoins, jamais il ne perdit l'habitude de prendre les invités à part dans la salle de billard pour leur raconter l'histoire d'une mystérieuse dame venue d'un royaume étranger, avec qui il avait parcouru les rues de Londres. « Elle avait un tempérament du feu de Dieu, disait-il. C'était un sacré brin de femme, un sacré brin de femme. »

Table

CLIVE STAPLE LEWIS est né à Belfast en 1898.

Enfant, il était fasciné par les mythes, les contes de fées et les légendes que lui racontait sa nourrice irlandaise. L'image d'un faune transportant des paquets et un parapluie dans un bois enneigé lui vint à l'esprit quand il avait seize ans. Mais ce fut seulement de nombreuses années plus tard, alors que C. S. Lewis était professeur à l'université de Cambridge, que le faune fut rejoint par une reine malfaisante et un lion magnifique. Leur histoire, *L'Armoire magique*, devint un des livres les plus aimés de tous les temps. Six autres *Chroniques de Narnia* suivirent. Le prestigieux prix Carnegie, la plus haute distinction de littérature pour la jeunesse au Royaume-Uni, fut décerné à l'ultime volume des Chroniques, *La Dernière Bataille*, en 1956.

C'est J. R. R. Tolkien qui présenta PAULINE BAYNES à C.S. Lewis. Les illustrations de cette dernière pour *Les Chroniques de Narnia* s'étalent sur une période remarquablement longue, depuis *L'Armoire magique*, parue en 1950, jusqu'à la mise en couleurs, à la main, de l'intégralité des sept titres, quarante ans plus tard! Pauline Baynes a remporté la Kate Greenaway Medal et compte parmi les meilleurs illustrateurs pour enfants de notre époque.

Loi n° 49-956
du 16 juillet 1949
sur les publications
destinées à la jeunesse
ISBN 2-07-054642-X
Numéro d'édition : 06308
Numéro d'impression :04
Premier dépôt légal : mai 2001
Dépôt légal : décembre 2001
Imprimé en Italie par EuroGrafica